Vita:

Mark Knietsch

am 18.07.1977 in Fürth geboren,
Ausbildung zum Metaller,
seit Oktober 2002 mit der tollsten Frau der Welt
verheiratet und hat zwei tolle Kinder

Im Juli 2014, als ich wegen meiner Depression in Behandlung war, erkrankte ich an Multiple Sklerose. Aufgrund dieser Erkrankung, habe ich meinen Weg neu finden müssen und mich entschlossen, diese ganze Erfahrung und die damit verbundenen Erlebnisse niederzuschreiben. Dadurch sind neben meinem Buch „Autoimmune Gedankenwelt" noch viele Blog-Beiträge entstanden.

Mark Knietsch

Chronisch verliebt

Schicksalshafte Reise ins Glück

9783752873627

© 2018 Herstellung und Verlag:
BoD – Books on Demand, Norderstedt
ISBN 9783752873627

Bibliografische Information der Deutschen Nationalbibliothek: Die Deutsche Nationalbibliothek verzeichnet diese Publikation in der Deutschen Nationalbibliografie; detaillierte bibliografische Daten sind im Internet über http://dnb.d-nb.de abrufbar.

Vorwort

Viele sprechen von ihr, der wahren Liebe und nur sehr wenige Menschen haben tatsächlich das unbeschreibliche Glück, sie zu finden. Wer dies behaupten darf, kann sich wirklich im höchsten Maße glücklich schätzen und wenn zwei Menschen zueinander gehören, lässt sich auch das Schicksal nur ungern vom Gegenteil überzeugen. Abgesehen davon, dass es sich eh nicht in die Karten schauen lässt.

Was zusammengehört, findet seinen Weg, auch wenn dieser anfangs nicht existent zu sein scheint und offenbart sich meist dann, wenn man schon gar nicht damit rechnet. Besonders wird es, wenn beide auf mentaler und emphatischer Ebene absolut gleichgeschaltet sind.

Nichts kann einen dann wirklich, oder zumindest nicht für lange trennen, denn wie schon erwähnt, was zusammengehört, findet zueinander! Immer! Aber lest selbst in dieser Geschichte und ihr werdet sehen, das Schicksal hat manchmal auch etwas Magisches!

Wie alles begann

Es war ein schöner Sommertag mit milden Temperaturen, einem strahlend blauen Himmel und vereinzelt ein paar Wolken, die vorbeizogen und ein wenig an Sahne erinnerten. Die Sonne streichelte einem das Gesicht und man nahm sommerliche Gerüche wahr, was unbändige Energie in einem freisetzte. Es zog einen förmlich raus ins Freie, um an dem regen Treiben Draußen teilzunehmen. Doch noch nicht alle konnten sich daran erfreuen, denn ein paar Wochen vor den Sommerferien gaben die Abschlussklassen noch einmal alles, um die Abiturprüfungen zu bestehen. Gerade war Pause in dem alten, unter Denkmalschutz stehenden Gebäude am Stadtring, welches in der Nähe eines Parks stand. Auf den Fluren, welche an den Decken mit Ornamenten verziert waren, hingen Kunstdrucke von Monet, Van Gogh und Da Vinci an den Wänden. Die Flure waren lang und die Böden mit einem feinen Mosaik aus Stein gearbeitet. Man verspürte einen tiefen Respekt vor diesem Gemäuer, als man durchlief und es kam einem in den Sinn, wie viele tolle Menschen hier wohl schon den Weg in eine phantastische Karriere fanden. Auf den Gängen herrschte reges Treiben und eine Lärmkulisse, welche durch die vielen Schüler und deren Unterhaltungen entstand, diese alten Mauern aber mit Leben füllte. Es wirkte beinahe wie eine Inszenierung aus einem Teenie-Film und man wartete nur noch darauf, dass irgendwo junge Menschen um die Ecke kamen und sangen. Kitschig, ich weiß, aber mit den Filmen wurde ich groß und ich fand sie toll.

Tom stand gerade an seinem Schließfach, um sich für die nächste Prüfung vorzubereiten. Er war ein groß gewachsener junger Mann, mit kurzen, blonden Haaren, hatte strahlendblaue Augen und war dazu noch recht gut gebaut, was im Anbetracht seiner sportlichen Aktivitäten an der Schule kein Wunder war. In der Schule war er einer der besten Sportler und spielte sehr erfolgreich in der schuleigenen Basketball-Mannschaft mit. Bei den Mädchen kam er sehr gut an, was vor allem bei den Cheerleadern auffiel. Wie bei jedem Jungen in seinem Alter, hing sein Spint voll mit Bildern seines Lieblingsvereins und es herrschte das typische Chaos, welches man sich bei einem Teenager so vorstellt. Da er nicht der typische Draufgänger war, sondern eher zurückhaltend, war er auch nicht der typische Leitwolf wie so manch anderer. Er hatte seine Freunde aus dem Sport, mit denen er ab und an mal etwas unternahm. Er setzte sich auch für andere ein, weil er es nicht mochte, wenn Schwächere oder Schüler mit einem eigenen, besonderen Stil gemobbt wurden. Deshalb ging er meist dazwischen, wenn er sah, dass jemand Probleme hatte, um die Situation vernünftig und in einem Gespräch zu klären, was allerdings nicht immer so gut funktionierte. So sollte es auch an diesem Tag nicht ohne seine Hilfe gehen, als Stefan, ein etwas dicklicher, rothaariger Junge aus einer anderen Klasse gemobbt wurde. Thomas war rein Optisch das typische Opfer. Ein Streber durch und durch, der Mathematik, Physik und Informatik liebte. Während anderen in ihrer Freizeit hinter Mädchen her waren oder einer Sportart nachgingen, beschäftigte er sich mit Schach und war so mit einigen anderen, ich nenne sie mal Zielstrebige, immer unter seinesgleichen. "Na, wie wäre es mit einem Kopfsprung in die Toilettenschüssel?" fragte einer dieser Rowdies, während sie ihn herumschubsten. Die Sprüche wurden immer gemeiner. Sie zogen Stefan an den Klamotten, dass Nähte rissen, nahmen ihm die Brille ab, stellten Ihm ein Bein, dass er hinfiel und beschimpften ihn schlimm. Tom konnte das nicht mit ansehen und ging dazwischen, um für Ruhe zu sorgen, was ihm nach einer kurzen Rangelei auch gelang. Der Mob verschwand, Tom half Stefan auf und gab ihm seine Brille zurück. Er bedankte sich bei Ihm, was Tom aber nicht für nötig hielt, denn er tat nur was er für richtig hielt. Diese Szene blieb allerdings nicht unbemerkt und so wurde ein Mädchen namens Sina auf Tom aufmerksam. Sie war beeindruckt von Tom, wie er sich für Stefan einsetzte, obwohl es ihn eigentlich nicht betraf und wie jeder andere daran vorbegehen könnte. Aber dass er dies nicht hat, war es, was Sina so imponierte.

Sina war ein hübsches Mädchen, ja eigentlich schon eher eine hübsche junge Frau. Sie hatte braunes gelocktes Haar und große grüne Augen, welche wie Saphire funkelten und in ihren Bann ziehen konnten. Ihr natürlicher ungeschminkter Style, wirkte sehr auf viele Jungs in der Schule, was sie aber nicht zu beeindrucken schien. Sie war aus dem gleichen Jahrgang wie Tom und ging in eine der Parallelklassen. In Latein gingen sie gemeinsam, aber bisher fiel er Sina nicht sonderlich auf, weil sie bis zu diesem Zeitpunkt ein völlig falsches Bild von Ihm hatte. Er wirkte auf sie immer etwas hochnäsig und unnahbar, der typische umschwärmte Sportler eben. Dabei verhielt er sich eigentlich nur zurückhaltend und wurde in der Masse lieber unsichtbar. Mag es daran liegen, dass die meisten anderen nichts mit ihm anzufangen wussten? Kann sein, aber Sina hat ihn, nachdem er Stefan half, plötzlich mit ganz anderen Augen gesehen.

Der Tag ging zu Ende und Zuhause in ihrem Zimmer musste sie fortwährend an Tom denken. Sinas Zimmer, war ein typisches Mädchenzimmer, welches mit Postern von Sängern und Bands geschmückt war. Sie war so gar nicht der Rosa-Typ und mochte eher grüne Farbtöne, welche sich überall in ihrem Zimmer fanden. Kuscheltiere auf dem Bett durften natürlich nicht fehlen, genauso wie Blumen, welche sie liebte. Gerade saß sie noch an den Büchern um noch das ein oder andere Thema für eine bevorstehende Prüfung aufzufrischen, als ihre Gedanken auf Tom gelenkt wurden.
Ihr ging die Situation in der Schule nicht aus dem Kopf. Toms schnelle Hilfe für Stefan und der kurze Blick, den er ihr schenkte. Sie ertappte sich selbst dabei, dass sie seinen Namen auf ihre Schreibunterlage kritzelte und als sie wieder klar wurde, sah sie auf ihr Gekritzel und

fühlte in sich. Ihr war erst nicht klar, was mit ihr geschah, aber sagte dann leise "Ich glaube, ich habe mich in Tom verknallt!" Anfänglich etwas irritiert, fand sie dieses Gefühl dann aber wunderschön und sie sah etwas in ihm, was wohl bisher kein anderer in ihm gesehen hat. Trotzdem wischte sie den Gedanken weg, weil sie sich aufs Lernen konzentrieren musste, es viel ihr aber dennoch schwer, Tom aus dem Kopf zu bekommen und so legte sie zwischendrin immer mal Pausen ein, um darüber nachzudenken.

Am nächsten Tag in der Schule, es begann gerade die erste Pause, nahm Sina allen Mut zusammen um Tom anzusprechen, aber es waren einige Mitschüler bei ihm und auch Sina wurde von ihren Freundinnen eingeholt und umringt. Es entging ihnen nicht, dass Sinas Blick gerade Tom fixierte, während sie sich über allerhand Themen austauschten. Eine der Freundinnen sprach sie darauf an, was Sina etwas unangenehm war und so versuchte sie es gar nicht erst, mit Tom ins Gespräch zu kommen, sondern ging, als wollte sie sich nichts anmerken lassen, in Richtung Klassenzimmer. Es sollte an diesem Tag einfach nicht sein und Sina hoffte auf eine neue Chance.

Am nächsten Tag, wurden wieder einige Prüfungen geschrieben, was an keinem der Schüler spurlos vorbeiging. Als Tom das Klassenzimmer verließ, die langen Flure entlang zum Ausgang ging und aus der Schule kam, ging er die weit auslaufende steinerne Treppe zum Vorplatz hinunter und stieß auf dem Weg zu seinem Fahrrad mit Sina zusammen, weil er aus irgendeinem Grund nochmal kurz stehen blieb und zurückblickte. Er hielt sie fest, damit sie nicht fiel und sah ihr dabei tief in die Augen. Sina war unsicher was sie sagen sollte, hatte sie doch genau das gewollt, mit ihm zu sprechen, ihm zu sagen was sie empfindet, aber sie brachte keinen Ton heraus. Tom ließ sie wieder los und entschuldigte sich bei ihr "Tut mir leid, dass ich dich fast umgerannt habe, ich hoffe dir ist nichts passiert?"

Mit seinen blauen Augen blickte er sie an und um Sina war es endgültig geschehen. "Nein, alles ok" erwiderte sie mit leicht zittriger Stimme und richtete ihre Kleidung, während Tom ihre Tasche aufhob. Wieder blickten sie sich in die Augen und diesmal sehr viel länger. Sina verabschiedete sich rasch, um der Situation zu entfliehen, um ihre Gedanken zu sortieren und durchzuatmen. Hoffentlich hat er nichts bemerkt, dachte sie sich noch, blickte sich

nochmal kurz um, doch Tom war schon weg-
gefahren. Auf dem Heimweg dachte Tom
noch über seine Prüfungen nach, wie schwer
sie waren und ob alles gut wird, als plötzlich
Sina in seinem Gedanken auftauchte. Er
konnte noch spüren, wie sie sich anfühlte, so
sanft. Auch ihren Duft konnte er noch wahr-
nehmen, als würde er gerade direkt vor Ihr stehen. Ihre tollen grünen Augen, wie sie funkelten... "Ob sie mich vielleicht mag?" fragte er
sich und fuhr in seinen Gedanken versunken
beinahe gegen eine Straßenlaterne. Gerade
noch konnte er ausweichen und wäre dabei
fast auf die Straße gefahren, fing sich aber und
fuhr den restlichen Weg nach Hause.

Er musste schmunzeln und schüttelte dabei
den Kopf, weil er so unachtsam war, fuhr aber
dann unbeirrt weiter nach Hause. Dort angekommen, dachte er immer noch an sie und
freute sich, denn es fühlte sich bei dem Gedanken an Sina so warm ums Herz an. Sein Bauch
kribbelte dabei, was nur die berühmten
Schmetterlinge sein konnten. Bislang war ihm
dieses Gefühl fremd aber er fand es schön, lächelte und beschloss am nächsten Tag auf Sina
zuzugehen um sie anzusprechen. Vielleicht
lade ich sie auf ein Eis ein, um mit ihr ins

Gespräch zu kommen, dachte sich Tom und nickte bei dieser Idee sehr zufrieden.

Eine ernste Erkrankung

Am nächsten Tag, als Tom aufstand, war ihm etwas schwindelig und seltsam im Kopf, als wäre er aus Watte. Er gab nichts weiter drauf und ging ins Bad, um sich fertig zu machen. Nach dem Frühstück machte er sich auf den Weg in die Schule, wo er hoffte, auf Sina zu treffen. So suchte er nach ihr um sie noch vor dem Prüfungsbeginn zu fragen, ob sie Zeit hätte. Auf einem der Flure inmitten einer Schar von Schülern, die sich den Weg zu ihren Klassenräumen bahnten, fand er Sina und fragte sie, ob sie nach der Schule mit ihm in der Eisdiele am Eck ein Eis essen gehen möchte. Sie sah ihn mit großen Augen an und wusste zuerst nicht was sie sagen sollte, stimmte dann aber mit einem Lächeln zu. Tom war erleichtert, er konnte es kaum fassen, dass Sina auf seinen Vorschlag einging. Der Gong ertönte, beide blickten sich noch kurz an und huschten schnell in ihre Klassenzimmer. Auf dem Weg ins Klassenzimmer fiel noch von einer ihrer Freundinnen die Bemerkung, wieso ihr Lächeln so festgefroren sei, da merkte Sina erst, dass sie tatsächlich grinste wie ein Honigkuchenpferd. Sie wurde verlegen und bekam rote Wangen. Ihre Freundin aber versicherte ihr, dass sie es für sich behielt, doch irgendwie wirkte dieses Versprechen nicht sehr beruhigend., da Sie ihre Freundin ganz gut kannte. Die Prüfungen begannen und nach einer Weile ging es Tom nicht mehr gut. Er bekam Schweißausbrüche, ihm wurde schwindelig und seltsam heiß. Seine linke Körperhälfte fühlte sich komisch an und begann zu kribbeln. Er versuchte seine Prüfung weiter zu schreiben, was ihm gelang und hielt bis zum Ende durch. Diese Auffälligkeiten vergingen aber während dessen wieder und so schob er es auf die Nervosität. Zum Glück war das die letzte Prüfung, die noch zu schreiben war. Die Klausuren waren durch und man konnte aufatmen. Er packte seine Sachen zusammen und verließ das Klassenzimmer um sich eine Pause zu gönnen, was aber nicht einfach war, weil sich sein linkes Bein so kraftlos und weich anfühlte. Er schaffte es jedoch und draußen warteten schon Mitschüler, um sich auszutauschen, wie es bei jedem einzelnen mit der Prüfung lief. Fehler wurden besprochen und irgendwie waren alle froh, dass der Abistress nun so gut wie erledigt war. Tom fühlte sich schlecht und musste sich setzen. Auf einer kleinen Bank im Schulhof nahm er Platz um kurz auszuruhen und wieder wurde es ihm seltsam heiß und das Kribbeln kam zurück. Diesmal stärker, ein geradezu beißender Schmerz, welcher nach und nach immer pelziger wurde. Sein linkes Bein und sein Arm gehorchten ihm plötzlich nicht mehr so richtig und er wurde panisch. Als Sina ihn sitzen sah, mit verängstigtem Blick, eilte sie zu ihm, um zu fragen was mit ihm sei, doch er wusste es selbst nicht und bekam mehr und mehr Angst. Um ihn herum ein paar Klassenkameraden, welche erst noch scherzten, dann aber merkten, dass die Lage ernst ist und ihn ratlos ansahen. Ein Lehrer wurde schnell herbeigeholt, welcher sofort einen Krankenwagen rief. Es wirkte alles so unwirklich und Sina war mit der Situation überfordert. Sie stand einfach nur da und musste mit ansehen, wie es Tom stetig schlechter ging. Freundinnen von ihr kamen dazu, um ihr beizustehen, als sie merkten, dass Sina weinte. Toms linke Körperhälfte war mittlerweile beinahe taub, sein linker Mundwinkel hing etwas, Arm und Bein gehorchten nur noch sporadisch. Der Krankenwagen traf ein und sofort eilten die Sanitäter zu Tom, um ihn zu befragen, was denn genau sei und wie es ihm ginge. Einer prüfte den Blutdruck und einige andere Dinge, während Tom dem Kollegen Fragen beantwortete. Der Notarzt traf kurze Zeit später ein und ließ sich aufklären was bislang gemacht wurde, machte sich aber selbst noch mal ein Bild, um sich kurz danach mit den Sanitätern über das weitere Vorgehen zu besprechen und luden Tom in den Rettungswagen, um ihn ins Krankenhaus zu bringen. Sina begriff das alles nicht, was sie gerade mit ansehen musste und sichtlich schockiert, ging sie mit ihren Freundinnen zurück in die Klasse. An Schule war eigentlich nicht mehr zu denken, weil sie in Gedanken nur noch bei Tom war und machte sich große Sorgen. "Ich hoffe, es ist nichts Schlimmes!" murmelte sie noch und es sollte alles noch viel Zeit in Anspruch nehmen, denn es vergingen ein paar Wochen, an denen Tom nicht zur Schule erschien. Selbst den Abschlussball musste er sausen lassen. Sina war sich ebenfalls nicht sicher, ob sie auf den Ball gehen wollte, obwohl sie von einigen anderen Schülern gefragt wurde, aber keiner war wie Tom, keiner konnte sie für sich gewinnen. Und so war für sie klar, dass sie ebenfalls nicht zum Ball gehen möchte, nicht ohne ihn! Sie nahm ihre Tasche und begab sich zum Ausgang um Heim zu gehen, als plötzlich die schwere mit Ornamenten verzierte Holztüre am Eingang aufging und Tom im Rollstuhl hereingefahren wurde.

Sie sah ihn und war wie versteinert, der Atem stockte ihr bei dem Anblick und sie wusste nicht, wie sie sich verhalten sollte. Sie nahm Reißaus und lief schnell aus der Schule, mit gesenktem Kopf an Tom vorbei. Er wollte sie noch ansprechen, aber da war sie schon weg. Er war doch extra persönlich erschienen um sein Abschlusszeugnis abzuholen und dabei die Gelegenheit zu nutzen, mit Sina zu sprechen. Es stimmte ihn traurig, dass sie weglief und er rollte weiter.

Wenig später, Sina war Zuhause angekommen, rannte sie die Treppe hoch und schmiss sich auf ihr Bett. Eine kleine Welt brach für sie zusammen. Wie soll sie sich denn nun verhalten? Sie hat sich so sehr in Tom verliebt und weinte hemmungslos in ihr Kissen. "Ich kann ihm nie mehr unter die Augen treten, habe ihn einfach stehen lassen und bin abgehauen. Was bin ich nur für ein Mensch?" Aus Ärger über sich selbst, warf sie ihre Sachen durchs Zimmer. Ihre Mutter hörte das und kam herein, um zu fragen was denn los sei, weil man das Gepolter im ganzen Haus hörte. Sie fand Sina mit verheulten Augen auf ihrem Bett sitzen. "Was ist los Kind?", fragte sie und setzte sich zu ihr, um sie zu beruhigen. Sina sah sie an und es brach plötzlich aus ihr heraus. Sie schluchzte und bekam kaum einen Ton raus, sodass ihre Mutter sie erst eine Weile beruhigen musste, ehe es ihr möglich war zu sprechen. Sie atmete tief durch und erzählte ihrer Mutter von Tom, dass sie sich in ihn verliebt hatte, sein plötzliches Erkranken in der Schule und die Situation heute mit dem Rollstuhl. Dass sie Panik hatte, etwas falsch zu machen und dass sie sich nun schrecklich fühlt, weil sie einfach weggelaufen ist.

Sie macht sich Vorwürfe, weil sie ihn mit ihrem Verhalten bestimmt sehr verletzt hat. Ihre Mutter tröstete sie und sagte: "Ich glaube Dir, dass dies schlimm für Dich war, aber ich denke für Tom war es das auch. Lasst Euch Zeit, und wer weiß, vielleicht klärt sich das alles und ihr sprecht einfach miteinander darüber. Du entschuldigst Dich und er wird es gewiss verstehen." Für Sina klang das alles zu einfach… "Bestimmt ist er gekränkt und mag mich nicht mehr sehen!", sagte sie und weinte immer noch sehr. Ihre Mutter hielt sie, ohne noch weiteres zu sagen, einfach nur im Arm um sie zu trösten. Nach ein paar Tagen ging es Sina wieder besser. Sie dachte nach und beschloss zu Tom zu gehen, um sich bei ihm für ihr

Verhalten zu entschuldigen. Also ging sie los und besuchte ihn Zuhause, wo sie an der Türe stand und klingelte. Sina hatte schon fast den Mut verloren, doch nun gab es kein Zurück mehr. Es dauerte eine Weile, aber die Türe öffnete sich und Toms Mutter stand vor ihr. Sie stellte sich ihr etwas verunsichert vor, aber die Mutter lächelte "Ich weiß wer du bist, Tom spricht beinahe pausenlos von Dir! Komm doch herein, er ist in seinem Zimmer, ich führe Dich zu ihm!" Die Mutter klopfte und öffnete die Türe um Tom den Besuch anzukündigen. Als Sina in die Tür trat, lächelte Tom und war sichtlich erfreut. Er legte sein Heft weg und strich sich mit der linken Hand eine Haarsträhne zur Seite. Sina bemerkte, dass sein Mundwinkel nicht mehr hing und wohl auch sein Arm wieder funktionierte. Sie war erleichtert und setzte sich zu ihm. Sie sah ihn an, zögerte erst etwas, atmete dann aber tief durch und sagte "Ich möchte mich bei dir für mein Verhalten in der Schule entschuldigen. Es war unmöglich von mir und ich wusste einfach nicht, wie..." als Tom sie unterbrach und Sina mit großen Augen ansah. "Warum entschuldigst du dich? Ich kann das verstehen, denn es mag sicher komisch ausgesehen haben, aber sieh mal!" - er wackelte leicht mit den Zehen seines linken Fußes - "Bald ist auch mein Bein wieder in Ordnung, dann brauche ich den Rollstuhl nicht mehr." Sina guckte verwundert und fragte "Wie geht das? Ich dachte, du bist gelähmt?" Tom guckte an sich herunter, strich mit der Hand über sein Bein und zögerte etwas. Dann aber schaute er Sina und sagte "Ich habe Multiple Sklerose, das ist eine unheilbare Nervenkrankheit!" Sina war still, sie guckt ihn nur an, dann lief ihr eine Träne herunter und sie atmete schwer. Ihre Hände zitterten leicht, weil sie immer noch sehr aufgeregt war. Aber Tom nahm ihre Hand und streichelte sie, um Sina zu beruhigen. "Ich versteh das nicht, du schaust gesund aus, was bedeutet unheilbar krank?" fragte sie mit zittriger Stimme. Sie konnte nicht begreifen, worum es bei Tom ging.

Er sagte "Die Erkrankung betrifft das zentrale Nervensystem. Es ist ungefähr so, als würde man von einem Stromkabel die Isolierung wegmachen. Es gäbe dann einen Kurzschluss und die Sicherung fliegt raus. So ähnlich ist das bei MS auch. Die Nerven haben eine Isolierschicht, welche an manchen Stellen von meinem Immunsystem kaputt gemacht wird und deshalb bekomme ich im Gehirn

Entzündungen. Tom hoffte, das ganze einigermaßen verständlich erklärt zu haben, weil er ja selbst noch nicht lange damit zu tun hat. Ich muss Medikamente nehmen, welche die Krankheit langsamer machen, damit ich nicht so viele Schübe habe. Er bemerkte aber, dass Sina überfordert war und wechselte schnell das Thema. "Wie liefen denn Deine Prüfungen? Hast du gut abgeschlossen?" fragte Tom, um Sina abzulenken. Sie nickte "Ich denke, ich habe es ganz gut hinbekommen" und blickte immer noch etwas bedrückt. Am liebsten würde sie ihm sagen, wie sie für ihn empfand, aber sie hatte noch immer nicht den Mut, Tom zu gestehen, dass sie sich in ihn verliebt hat. Sie unterhielten sich noch eine Weile über Dies und Das und Sina konnte sogar wieder etwas lächeln. Irgendwann stand Sina auf und verabschiedete sich von Tom, umarmte ihn, gab ihm ein kleines Küsschen auf die Wange und ging. Er blieb in seinem Zimmer zurück, starrte noch eine Weile auf die geschlossene Türe und hielt sich dabei die Wange. Sein Herz klopfte wie verrückt und er war überglücklich, dass Sina ihn besuchte. In diesem Moment wurde ihm bewusst, dass dieses Mädchen ohne große Mühe sein Herz erobert hat! Der Mutter fiel sofort eine Veränderung an ihrem

Sohn auf, weil er nach dem Besuch wie ausgewechselt schien. "Sie tut dir gut, hm?" fragte sie Tom lächelnd, aber er schwieg nur, lächelte ebenfalls und strich sich wieder über die Wange, während er dabei verträumt aus dem Fenster sah.

Einige Wochen sollten vergehen, Sina und Tom gingen viel nach Draußen, da er mittlerweile mit Krücken gehen konnte. So trainierte sie mit ihm das Gehen und sie verbrachten viel Zeit miteinander. Sie lernten sich gegenseitig noch besser kennen, gingen Eis essen, oder ins Kino und waren gar nicht mehr auseinander zu bringen. Einige Zeit später, Tom konnte wieder ganz gut ohne Krücken laufen und es war ein wunderschöner Tag, also gerade perfekt, um sich an einem nahegelegenen See zu sonnen. So verabredeten sich die beiden und Sina holte Tom Zuhause ab, schnappte sich den Rucksack und ging mit ihm los. Nach einer Weile am See angekommen, suchten sich die beiden einen schönen Platz aus und Sina legte die Decke auf den Boden und strich sie glatt., um es sich dann mit Tom gemütlich zu machen. Es war ein schöner kleiner See, welcher von großen Bäumen gesäumt war, die genügend Schatten zum gemeinsamen Verweilen boten. In Mitten des Sees war eine winzig kleine Insel, auf der ein kleines Häuschen stand, das als Zuhause für Wasservögel diente. Während es windstill war, und der See ruhig war und wie ein Spiegel glänzte, konnte man einer Entenmutter zusehen, wie sie mit ihren Jungen erste Schwimmversuche unternahm. Sina war fasziniert vom Wasser, stand auf und ging zum nahegelegenen Steg, um eine Zehe ins Wasser zu halten. Schließlich musste man ja testen, ob die Temperatur angenehm ist. "Hey, das Wasser ist toll" sagte sie erfreut, lief zurück und zog spontan ihr Oberteil und ihre Hose aus, um etwas schwimmen zu gehen. Tom saß da, mit weit geöffneten Mund, sah sie in ihrem grünen, mit feinen Mustern versehenen Bikini an und war wie weggetreten. Sie war so unglaublich schön, dachte sich Tom nur und zu mehr war er nicht mehr fähig. Sina sah ihn von weitem an, schüttelte ihr Haar, lächelte und setzte sich auf den Steg, um dann langsam ins Wasser zu gleiten. Um Tom war es nun endgültig geschehen. Er hatte Mühe, zu verstecken, wie beeindruckt er von Sinas Ausse- hen war und deckte sich mit seinem Handtuch zu. Sina genoss es im Wasser zu planschen und hatte sichtlich Spaß an der Erfrischung, wäh- rend Tom es genoss, ihr dabei zuzusehen.

Er konnte sein Glück kaum fassen und nahm außer Sina nichts mehr um sich herum war. Als sie aus dem Wasser kam, lief sie frech auf Tom zu, der gerade etwas zu trinken aus dem Rucksack holen wollte und spritzte ihn mit ihren Haaren nass. Sofort zuckte er zusammen und lies dabei fast die geöffnete Flasche fallen. Sina kniete sich vor ihm hin und man konnte an ihrem Anblick erahnen, dass das Wasser doch noch recht frisch war, als sie ihm tief in die Augen sah. Plötzlich platzte es unvermittelt aus Tom heraus. "Sina, ich weiß nicht, wie ich es sagen soll, aber ich habe mich in Dich verliebt! Eigentlich schon eine ganze Weile - stammelte er - aber ich hatte mich bisher nie getraut es Dir zu sagen!" sie guckte mit großen Augen, dann lächelte sie verlegen und sagte "Mir geht es doch genau so, ich bin nur immer zu feige gewesen, um es Dir zu sagen!" Beide saßen da, guckten sich an und mussten darüber lachen. Es verging eine ganze Weile, während Sina nebenher schon wieder trocken wurde. Sie nahm ihren Mut zusammen und gab Tom einen Kuss. Es hatte den Anschein, als könnte man die Herzen der beiden in diesem Moment laut klopfen hören, so glücklich waren sie. Beide mussten plötzlich wieder lachen, als Tom sagte "Das hat aber ganz schön lange gedauert". Der Tag neigte sich irgendwann dem Ende zu und Tom musste zurück um seine Medikamente zu nehmen. Vor Toms Türe standen sie noch eine Weile, umarmten sich schließlich und verabschiedeten sich mit einem langen Kuss. Toms Mutter sah es vom Küchenfenster aus und freute sich für die beiden, dass es mit ihnen geklappt hat, wenngleich sie auch Angst um das Wohl von Sina hatte.

Als Sina ebenfalls wenig später Zuhause ankam, bat ihre Mutter sie in die Küche zu kommen. Sie faltete ihre Hände und man sah ihr an, dass ihr das, worüber sie mit Sina sprechen musste, sehr unangenehm war. Trotzdem war es ihr wichtig und fragte "Sina, wie ernst ist das mit dir und deinem Freund?" Sina guckte etwas irritiert und verstand die Frage nicht so wirklich. "Worauf willst du hinaus Mama? fragte sie ihre Mutter, die sichtlich angespannt war. "Du weißt was es bedeutet diese Krankheit zu haben, welche Tom hat? Dir ist bewusst wie das enden kann?" - "Ja ich weiß, was diese Krankheit macht, Tom hat mir ein bisschen davon erzählt. Ich habe etwas Angst, dass es ihm schlechter geht, aber ich liebe ihn und möchte mit ihm zusammen sein, egal was kommt, oder was ihr darüber denkt!" Sie verließ die Küche und ging hoch in ihr Zimmer. Ihre Mutter stand nach dem Gespräch noch nachdenklich da. Sie konnte Sina verstehen, hatte aber Angst, dass es zu viel für sie werden könnte. Sina setzte dieses Gespräch zu, sie saß auf ihrem Bett mit feuchten Augen und klappte ihren Laptop auf, um im Internet über diese Erkrankung zu recherchieren. Viele erschreckende Berichte fand sie. Über allerhand Symptome und Verläufe las sie. Einige Expertenberichte konnte sie dazu finden. Sie meldete sich in Internetforen an, um mehr über Multiple Sklerose zu erfahren. Das Problem mit der Lähmung und Erzählungen darüber, dass es wieder besser werden kann, was sie ja schon wusste, fand sie ebenso wie Berichte über Sprachprobleme, extremes Zittern bis hin zu Lähmungen und Inkontinenz. Sie war schockiert, schlug den Laptop zu und begann zu weinen. "Was kann man denn nur dagegen tun", fragte sie sich, während sie an ihren geliebten Tom dachte. "Ob Mama wohl doch recht hat?" Was ist, wenn Tom immer schlimmer krank wird? In ihrem Kopf ging es drunter und drüber, Gedanken kamen und gingen. Immer wieder lief ihr eine Träne runter, so sehr beschäftigte sie der Gedanke an diese schreckliche Krankheit. Nach einer Weile, es dürfte etwa der halbe Tag vergangen sein, beschloss Sina sich auf den Weg zu ihrem Tom zu machen um mit Ihm etwas zu unternehmen. Sie mochte nicht weiter über schreckliche Dinge nachdenken, die passieren könnten und wollte die Zeit mit Tom genießen und tun, was verliebte Teenager eben so machen. Es verging viel Zeit und Tom blieb von seiner Lähmung kaum noch etwas. Lediglich das linke Bein zog er etwas nach, was aber kaum zu bemerken war. Die beiden verbrachten viel Zeit miteinander und beschlossen sogar, an derselben Uni zu studieren, damit sie nicht getrennt wurden. Es konnte harmonischer nicht laufen und es war gerade so, als wäre nie etwas gewesen, gerade so, als wäre Tom gesund, wie jeder andere auch.

Doch es währte nicht lange, da bekam Tom mit den Augen Probleme. Sie waren gerade unterwegs ins Freibad, als vor seinem rechten Auge alles verschwamm und unscharf wurde. Es zuckten wild Blitze und es schillerte alles in grellen Farben. Er musste sich setzen um sich auszuruhen, weil ihm dabei auch schwindelig wurde. Nach einer kurzen Weile gingen diese seltsamen Erscheinungen wieder weg. Nur stellten sich nun Kopfschmerzen ein, welche sich vom Auge ausgehend über die rechte Seite des Kopfes ausbreiteten. Seltsam, dachte er sich, kann es Migräne sein? Als er nach einer Weile, es dürfte etwa eine halbe Stunde gewesen sein, wieder sehen konnte, setzten sie ihren Weg ins Freibad fort. Sina war beunruhigt, weil sie was von Problemen mit den Augen im Internet las und fragte Tom noch, ob es nicht besser wäre zu einem Arzt zu gehen, aber bis auf die Kopfschmerzen fühlte sich Tom wieder ganz ok. Trotz allen Bittens wollte er sich den Tag nicht nehmen lassen und so entschied Sina, wenigstens auf Tom aufzupassen.

Im Freibad angekommen, machten sie es sich gemütlich und ließen es sich an einem schattigen Plätzchen gut gehen, kuschelten, schmusten und beobachteten das muntere Treiben im Freibad, während Sina sich mit dem Kopf auf Toms Bauch legte. Er sah den Turmspringern zu, während er ihren Rücken streichelte. "Wie steht's mit einer Portion Pommes?" fragte er Sina, die begeistert einwilligte. "Aber Pommes Schranke bitte!" rief sie ihm noch nach, als er sich schon auf den Weg machte. Eine Weile später, die Schlange am Kiosk schien endlos, kam Tom mit der ersehnten Leckerei zurück. Sie aßen diese Köstlichkeit und kuschelten noch ein wenig, als sie daran dachten, sich etwas abzukühlen. Nachdem sie noch kurz was getrunken hatten, forderte Tom seine Sina auf, mit ihm ins Wasser zu gehen. Sie freute sich und Hand in Hand liefen sie zum Becken. Vorsichtig gingen sie hinein und rechneten wohl schon damit, dass das Wasser noch recht kalt sein muss. Sie schnauften nicht schlecht, bis sie sich an das kühle Nass gewöhnt hatten. Am Beckenrand standen sie eng umschlungen und hielten sich an der Treppe fest, als ein Junge vom Dreimeter-Sprungturm sprang und dabei ordentlich spritze. Tom sah in diesem Moment interessiert zu und bekam Wasser ins linke Auge, was ihn dazu veranlasste, sein Auge zu reiben. Er erschrak! Auf seinem rechten Auge konnte er nichts mehr sehen. Alles war milchig, trüb und nur noch schemenhaft zu erkennen.

Er wurde still und Sina merkte sofort, dass irgendetwas nicht stimmte, sah ihn an und er wirkte verängstigt, ja geradezu schockiert, als sie ihn fragt, was denn los ist. Er hielt kurz inne, gerade so als ginge er in sich, um zu überprüfen, ob das wirklich sein kann.

Dann sagte er Sina, dass er auf dem rechten Auge nichts mehr sehen kann und er schnell zu einem Arzt muss. Sie verließen das Becken und eilten zum Platz. Sina lief hinter Tom her und machte sich noch Vorwürfe, wieso sie ihn nicht doch überzeugen konnte, schon eher zu einem Arzt zu gehen. An ihrem Platz angekommen, sammelte Sina schnell alles zusammen und die beiden gingen direkt und ohne sich noch groß umzuziehen los. Bei Tom angekommen, wartete die Mutter, die schon per Handy verständigt wurde und fuhr mit den beiden auch gleich ins Krankenhaus. Es dauerte etwa eine viertel Stunde, bis sie dort ankamen. In der Notaufnahme mussten sie eine Weile warten und während dessen versuchten Sina und seine Mutter beruhigend auf Tom einzuwirken, obwohl sie selbst große Angst hatten. Er wurde zur Untersuchung geholt und Sina musste in der Zeit draußen warten. Sie zitterte am ganzen Körper und rief ihre Mutter an, welche auch wenig später im Krankenhaus ankam. Sie nahm Sina wortlos in den Arm und wusste wie sehr Sina das mitnehmen würde. Sie wollte nicht besserwisserisch klingen, da sie schon ahnte, wie sehr Sina das zusetzte, sondern einfach nur für sie da sein und sie festhalten.

Sie sagte zu ihr: "Komm, wir fahren Heim, hier kannst du jetzt nichts machen." Doch Sina wollte ihren Tom nicht alleine lassen, nicht jetzt, wo es ihm schlecht ging. Sie wollte nicht nochmal den gleichen Fehler wie Damals machen, als sie einfach weglief. Während des Gesprächs kam Toms Mutter dazu und stimmte Sinas Mutter zu "Du solltest nach Hause fahren, Tom hat jetzt viele Untersuchungen und das kann lange dauern. Er weiß, dass du an ihn denkst und ich werde ihm ausrichten, dass du in Gedanken bei ihm bist, aber du solltest Dich jetzt ausruhen." Sina nickte still, sah nochmal zur Türe der Untersuchungsräume und verließ mit ihrer Mutter wortlos und in Tränen das Klinikum.

Auf dem Weg nach Hause sagte sie keinen Ton, blickte nur aus dem Seitenfenster und atmete schwer. Daheim angekommen, ging Sina hoch in ihr Zimmer, während ihre Mutter in der Küche stand, sich kurz gedanklich sortierte und überlegte, ob sie ihrer Tochter zur Aufmunterung ihre Leibspeise kochen sollte, denn sie liebte Mutters Spaghetti so sehr. Das Essen stand auf dem Tisch, Sinas Vater war auch schon von der Arbeit nach Hause gekommen und Sina kam zum Essen herunter.

"Hallo Prinzessin!" begrüßte ihr Vater sie und Sina lächelte gequält. Er guckte die Mutter ratlos an und sie gab ihm ein Zeichen, dass sie später darüber reden würden. So begannen sie zu essen. Nur Sina nicht, sie stocherte in ihrem Teller herum, während sie geistesabwesend ins Leere starrte. Es war ein ruhiger Abend, kein Lachen, kein Erzählen, sondern eine beklemmende Stille. "Sina, bitte ess doch ein wenig!" forderte sie ihre Mutter auf, doch Sina hatte keinen Appetit. Sie blickte mit Tränen in den Augen ihre Mutter an und man hatte das Gefühl, als kommunizierte sie mit ihrer Mutter in Gedanken. Ihre Mutter sagte "Ist gut, geh ruhig nach Oben, es ist ok!"

Der Vater verstand noch immer nicht, auch er hat sein Besteck zur Seite gelegt und blickte die Mutter fragend an. "Was ist mit unserer Prinzessin los?" es dauerte kurz, da begann die Mutter zu erzählen, was sich zugetragen hatte. Der Vater reagierte besorgt und blickte die Treppe hoch, wusste er doch selbst nicht, was man tun könnte. Doch es ließ ihm keine Ruhe und er überlegte den ganzen Abend, wie man Sina helfen könnte. Sie waren gerade zu Bett gegangen, als Sinas Vater den Gedanken hatte, dass die Beziehung zu Tom unter diesen

Umständen nicht gut sein kann. Dies sagte er zu seiner Frau, welche ihn mit großen Augen ansah und entgegnete "Ich muss zugeben, ich hatte diesen Gedanken auch schon und ich habe Sina auch schon darauf angesprochen." "Und?" fragte er und sie fuhr fort "Sina möchte davon nichts wissen, was ich mittlerweile gut nachvollziehen kann." Das verstand der Vater erst nicht und blickte sie fragend an. Da stellte die Mutter eine kluge Frage "Hättest du mich damals verlassen, wenn ich so erkrankt wäre?" Der Vater hielt kurz inne und sagte dann voller Überzeugung "Nein, ganz gewiss nicht, ich liebe dich doch!" Die Mutter sah ihn zufrieden und zustimmend an und sagte nichts weiter dazu.

Es dauerte eine Weile, da bemerkte man, wie es im Kopf des Vaters arbeitete. Er blickt sie an und sagte "Oh du hast recht, was wäre nur geworden, hätte ich wohl so reagiert. Sina gäbe es heute nicht, wir wären nicht so glücklich miteinander, ein schrecklicher Gedanke und Ich glaube jetzt kann ich Sina verstehen." Er nahm seine Frau in den Arm und bedankte sich bei ihr, dann stand er nochmal auf, um zur Toilette zu gehen. Als er wieder auf dem Weg ins Bett war, hörte er wie Sina weinte.

Er klopfte leise und öffnete die Türe, Sina zog ihre Decke hoch, als wollte sie verstecken, wie es ihr ging, doch ihr Vater setzte sich zu ihr ans Bett, strich ihr die Haare aus dem Gesicht und reichte ihr ein Taschentuch. Er sagte nichts, keine schlauen Worte, wie sie Väter gerne zum Besten geben, sondern nahm seine Tochter in den Arm und hielt sie einfach nur fest. Er konnte spüren, wie Sinas Atmung ruhiger wurde, als ob es ihre Seele heilt, dass er sie einfach nur festhielt. Er gab ihr noch einen Kuss auf die Stirn, deckte sie zu und ging aus dem Zimmer. Wenig später muss Sina eingeschlafen sein. Am nächsten Morgen rief sie bei Toms Mutter an, um sich nach ihm zu erkundigen. Sie erfuhr, dass Tom noch eine Weile im Krankenhaus bleiben musste, um Infusionen zu bekommen. Da es an dem Tag keine Vorlesung gab, beschloss sie zu ihm ins Krankenhaus zu fahren. Sie besorgte etwas zum Knabbern und packte eines ihrer kleinen Kuscheltierchen ein, welches sie ihm als Glücksbringer geben wollte und macht sich auf den Weg. Nach einer Stunde etwa, war sie da und erkundigte sich bei der Information, auf welchem Zimmer er lag. "Er liegt im vierten Stock auf Zimmer 413" sagte die nette Dame vom Empfang. So nahm Sina den Fahrstuhl und fuhr in die vierte Etage hoch. Als sie den Flur der Station entlangging, sah sie einige Patienten, wie sie entweder zitternd in einem Rollstuhl saßen oder wie weggetreten in einem Bett auf dem Flur standen. Es war ihr unangenehm, die Menschen so zu sehen, weil sie ihr leidtaten und es machte ihr auch Angst, die Menschen so zu sehen, weil sie dabei immer an Tom denken musste.

Am Zimmer angekommen, klopfte sie vorsichtig an der Türe und öffnete sie. Sie trat hinein und sah auch gleich ihren Tom, der zusammen mit einem anderen Patienten auf dem Zimmer lag. Er lächelte, als er sie sah und war richtig happy. Sina begrüßte den Zimmernachbarn und setzte sich zu Tom, der sie immer noch lächelnd und verliebt ansah. "Wie geht es Dir?" fragte sie ihn und er antwortete "Es geht mir soweit gut, ich bekomme Kortison, aber irgendwie mag es noch nicht besser werden." Er sah immer noch nichts auf dem rechten Auge und fürchtete, dass es auch so bleiben würde, denn der Kortison-Stoß, welcher die Entzündung am Sehnerv schnell besser werden lassen sollte, griff noch nicht. Die erste Woche im Krankenhaus ist so gut wie vorbei und somit auch die ersten Infusionen, welche fünf Tage lang jeweils mit einem Gemisch aus Kochsalzlösung und einem Gramm Kortison verabreicht wurden. "Ist das denn auch von der MS?" fragt Sina und Tom nickte und sagte: "Es ist wieder ein Schub und das wird nun mit dem Kortison behandelt." "Ich hoffe es hilft Dir und du kannst bald wieder Sehen" sagte Sina, während sie Toms Hand streichelte.

Sie überreicht Tom den plüschigen Glücksbringer und die Leckereien, welche sie ihm mitbrachte und er war sehr erfreut darüber. Vor allem aber über den kleinen Teddy, den er sofort auf seinem Nachtkästchen platzierte. Er nahm Sina in den Arm und hielt sie ganz fest, als wollte er sie nie mehr loslassen. Dass er selbst Angst hatte, überspielte er gekonnt und wog Sina in Sicherheit, dass alles wieder gut werden würde. Sicher aber war er sich nicht und genau genommen glaubte er auch nicht dran. Es war spät geworden und Sina musste wieder los. Am liebsten hätte sie ihn mitgenommen aber das ging ja nicht. Stattdessen ließ sie ihm noch ein Bild von sich da. "So kannst du mich sehen und an mich denken, selbst wenn ich gerade nicht da bin." Der Abschied fiel schwer und ging nicht ohne Tränen von statten. Ein letzter Kuss und sie winkt ihm von der Türe aus noch einmal zu, ehe sie hindurch ging und verschwand. Schweigsam verließ sie das Krankenhaus, blickte nochmal die Fassade hoch, gerade so als könnte sie ihn sehen, dabei war sie sich nicht mal sicher wo das Fenster zu seinem Zimmer war und ging traurig nach Hause.

Das nächste Wochenende stand bevor und Sina hatte keine Lust etwas zu unternehmen, obwohl das Wetter dazu wie geschaffen war. Freundinnen meldeten sich um sie aus dem Haus zu locken, aber nichts half. Sina blieb zuhause auf ihrem Zimmer, schrieb Liebesbekundungen auf Papier für ihren Tom und dachte immerzu an ihn. Es war schwer und es fühlte sich an, als läge ein Stein auf ihrem Herzen. Dennoch gab sie die Hoffnung nicht auf, dass es ihm bald besserginge und wollte ihn schon in der nächsten Woche wieder besuchen. Ich werde ihm wieder was mitbringen, damit er sich freut, dachte sie und überlegte was es wohl diesmal sein könnte. Auch für Tom im Krankenhaus, brach die neue Woche an und er musste von den Ärzten erfahren, dass ein weiterer Kortison-Stoß folgen sollte. Diesmal allerdings mit zwei Gramm Kortison pro Tag.

Die ersten beiden Tage der Woche vergingen und die Infusionen brachten so ihre Tücken mit sich. Die Gelenke schmerzten sehr, er schwitzte extrem und schlafen konnte er kaum, weil das Kortison dem Körper sehr zusetzte und alles durcheinanderbrachte. Aber er machte das alles tapfer mit um schnell wieder sehen zu können. Sina besuchte ihn in der zweiten Woche auch und so wurde es für Ihn etwas kurzweiliger, vor allem aber erträglicher, wenn seine große Liebe da war. Die zweite Woche neigte sich dem Ende zu und Tom war traurig, denn es besserte sich nichts. Das Auge war noch immer beinahe blind, was die Ärzte nachdem sie sich lange beratschlagten, zu dem Endschluss brachte, es als letzte Option mit einer Plasmapherese zu versuchen, weil es das einzige war, was noch helfen konnte. Tom hörte den Ärzten mit gemischten Gefühlen zu. Zum einen wollte er am liebsten weglaufen, zum andern wollte er weiter darauf hoffen, dass es hilft und willigte schließlich ein. Die Ärzte erklärten ihm wie solch eine Plasmapherese funktioniert "Sie bekommen ein Stück oberhalb des Schlüsselbeins einen Katheter gelegt, welcher dazu dient, ihr Blut über eine Maschine aus ihrem Körper herauszuleiten, das körpereigene Blutplasma zu separieren und durch Spenderplasma zu ersetzen. Anschließend wird es ihrem Blutkreislauf wieder zugeführt. Tom wurde ganz still und nachdenklich. Angst kam auf bei dem Gedanken an solch eine Maschine. Er fragte: "Und wieso muss das so gemacht werden?" Die Ärzte erklärten: "Man hat in seinem körpereigenen Immunsystem Abwehrzellen, so genannte T-Zellen und B-Zellen. Diese dienen normalerweise dazu, den Körper vor Angriffen von außen zu schützen, wenn man sich zum Beispiel eine Infektion zuzieht. Das führt dann dazu, dass der Körper mittels dieser Zellen versucht die Infektion zu bekämpfen, damit er wieder heilen kann. In deinem Fall aber, haben sich die Zellen gegen den eigenen Körper gerichtet und machen die Myelin-Schicht, also die Ummantelung der Nerven kaputt."

Tom verstand schon worum es geht, hatte aber etwas Angst, was ihn da wohl erwartet, zumal diese Plasmapherese in sieben Durchgängen mit jeweils etwa vier Stunden Dauer gemacht wird. Aber egal, Tom wollte es machen, damit sein Auge endlich wieder besser wird. Und es ist die letzte Chance auf Besserung.

Der Entschluss

Die Woche drauf wurde Tom in einen sterilen Raum geschoben, wo ihm dieser Shelton-Katheter gelegt wurde. Dieser hatte zwei Anschlüsse, um über den einen das Blut aus dem Körper raus und über den anderen wieder in den Körper hineinfließen zu lassen. Diese Maschine sah artverwandt mit einer Dialysemaschine aus, mit dem Unterschied, dass zwei Gefäße angebracht waren, wo das separierte Plasma zum einen gesammelt und zum anderen das Spenderplasma bevorratete wurde, das dem Blutkreislauf wieder zugeführt wurde. Es sah alles sehr befremdlich aus und fühlte sich auch so an, weshalb Tom den Kopfhörer aufsetzte, die Musik laut laufen ließ und seine Augen schloss. Nach knapp vier Stunden war die erste Separation erledigt und Tom wurde wieder aufs Zimmer gefahren. Der Hals schmerzte etwas wegen diesem Zugang, welcher dick einbandagiert war. Aber wenn es doch hilft, will ich es aushalten, dachte sich Tom. Am nächsten Tag, beinahe zur selben Zeit, folgte der zweite Zyklus. Tom ging nochmal fix zur Toilette, weil er dann wieder vier Stunden ans Bett gefesselt war und ließ sich dann bereitwillig anschließen. Während er wieder Musik hörte und das Prozedere über sich ergehen ließ, erschien Sina auf der Station um Tom zu besuchen. Er war nicht in seinem Zimmer und die Schwester klärte sie auf, dass er auf der Dialysestation ist, sie ihn aber gerne dort besuchen könnte. Sie ließ sich erklären, wo sie lang musste und ging los. Auf dem Weg dorthin, ging es ihr durch den Kopf, wieso Dialyse, was ist denn nun los? Dort angekommen fragte sie eine Krankenschwester nach Tom, welche sie direkt zu ihm führte. "So, wir sind da!" sagte die Schwester, öffnete die Türe und kündigte Tom seinen Besuch an. Sina war aufgeregt, ging hinein und sah Tom an dieser Maschine angeschlossen, wo sein Blut durch diesen Apparat gepumpt wurde, erschrak deshalb, sah Tom schockiert an und brachte keinen Ton mehr heraus. Sie blickte ihn stumm an, sah sich um und sah überall Menschen, die an solchen Maschinen hingen. Sie konnte das nicht, schlug die Hände vor das Gesicht, blickte Tom nochmal kurz an, drehte sich um und ging schnell aus dem Raum. Tom blieb verdutzt zurück und konnte nicht begreifen, was gerade geschah. Er schrieb Sina eine Nachricht, aber sie antwortete nicht. Er sah sich um und betrachtete die Maschine, wie sein Blut durchgepumpt wurde.

Traurig wurde er und verteufelte diese Erkrankung. Der Patient, der gegenüber zur Dialyse lag sagte: "Sie ist wegen dem Gerät erschrocken, das kann einem schon zusetzen! Lass ihr etwas Zeit!" Tom leuchtete das ein, aber er war dennoch traurig, weil er es Sina nicht erklären, sie nicht beruhigen konnte. Er versuchte sie immer wieder zu erreichen, aber ihr Handy schien ausgeschaltet zu sein. Er probierte es noch einige Male, aber ohne Erfolg, dann sprach er ihr eine Nachricht auf die Mailbox und beließ es dabei. Zu dieser Zeit saß Sina schon Zuhause mit ihren Eltern zusammen und erzählte ihnen von diesem Erlebnis. Sie war immer noch sehr aufgelöst und rang mit den Tränen, als sie ihren Eltern erzählte, wie sie Tom vorfand. Gleichermaßen machte sie sich Vorwürfe, weil sie wieder wie damals, bei der Situation mit dem Rollstuhl einfach davongelaufen ist. "Schaffe ich das? Werde ich damit klarkommen, wenn er ständig ins Krankenhaus muss?" fragte sie sich. Ihre Eltern konnten ihr nichts raten, sie gaben ihr lediglich mit auf den Weg, dass sie für sich entscheiden muss, ob sie das weiter mit Tom zusammen durchstehen kann, oder ob sie die Beziehung beendet. Der Gedanke an diese Entscheidung schmerzte in ihrem Herzen.

Sie sah ihre Eltern an, nickte ihnen zu während sie sich die Tränen aus den Augen wischte, stand auf und ging stumm nach oben. Sie legte sich aufs Bett und überlegte hin und her, doch sie kam zu keinem Schluss, weswegen sie überlegte, aufzuschreiben, was sie bewegt. Vielleicht findet sie so Antworten auf ihre Fragen. Dazu setzte sie sich an ihren Laptop und begann zu schreiben. Aber auch das wollte nicht so recht funktionieren, weil sie in Gedanken immer wieder bei Tom landete. Sie hat immer wieder das Bild vor Augen von dieser Maschine. Welche Geräusche dieser Apparat machte und wie das Blut durch die Schläuche lief. Sie bekam bei dem Gedanken eine Gänsehaut und es wurde ihr ganz anders. Ja wie ein tiefer Schmerz fühlte es sich an, wenn sie daran dachte, wie es Tom damit gehen muss. Es war mittlerweile Spät geworden und Sina ging zu Bett. Eine unruhige Nacht stand ihr bevor, denn sie wälzte sich von einer Seite zur anderen und Alpträume hatten sie fest im Griff. Immer wieder wachte sie deswegen auf, weinte und brauchte lange um wieder einzuschlafen. Es ließ sie einfach nicht los und gleichermaßen musste sie immer darüber nachdenken, wie sich wohl Tom jetzt fühlen mag.

"Ich kann für Tom keine Hilfe sein" sagte sie zu sich selbst und musste weinen. Die Nacht war lang und Sina fand nicht mehr in den Schlaf. Am nächsten Morgen, als sie wie gerädert aus dem Bett stieg, um sich im Bad frisch zu machen, musste sie wieder fortwährend an diese Situation im Krankenhaus denken. Nach dem Frühstück setzte sie sich an den Computer und recherchierte über diese Maschine und was es bei der MS damit auf sich hat. Sie las darüber, dass dieses Verfahren bei Patienten eingesetzt wird, welche unter einer besonders schweren Form der Erkrankung leiden, wo keine anderen Therapieformen greifen mögen und dies ließ ihr den Atem stocken.

Ist Tom tatsächlich so schwer krank? sie las weiter, wie dieses Verfahren funktioniert. Es werden mit dem Plasma Eiweiße entfernt, die für den entzündlichen Prozess eine gewichtige Rolle spielen. Das entnommene Plasma wird durch Spenderplasma ersetzt, was nicht ganz ungefährlich ist, da es zu Infektionen und Blutungsneigung kommen kann. Sina bekam es mit der Angst, doch sie wollte es verstehen und las deshalb weiter. Dieses Verfahren wird bei Patienten angewandt, die auf Kortison-Therapien nicht mehr ansprechen.

Mittels der Plasmapherese lässt sich so nach einigen Wochen, je nach Schwere der Entzündung eine beinah vollständige Rückbildung der Ausfälle erzielen. Als Sina das las, war sie etwas erleichtert. Es ist also dazu gut, dass es Tom schnell wieder bessergeht! sie fuhr den Rechner wieder runter und dachte darüber nach. Es wird ihm dann also wieder bessergehen und er kann mit dem Auge womöglich wieder ganz normal sehen. Das ist schön, aber was ist, wenn sein Auge eventuell doch nicht mehr ganz Gesund wird? Und was kommt als nächstes? Gibt es noch schlimmeres? Und wie wird das dann wieder behandelt? Gibt es auch mal ruhige Zeiten, wo er keinen Schub hat? Sehr viele Fragen gehen Sina im Kopf herum, was ihr sehr zu schaffen machte. Sie redete oft mit ihren Eltern darüber und es vergingen einige Tage, bis sie zu einem Entschluss kam. Sie konnte so nicht weitermachen, weil die Angst überwog und ihre Psyche darunter litt. Nachmittags rief sie Tom an, der am Tag zuvor wieder aus dem Krankenhaus entlassen wurde und Sina sagte zu Ihm, dass sie zu ihm käme. Am Telefon klang Sina sehr bedrückt und irgendwie sonderbar. Tom vermutete nichts Gutes, war doch der Kontakt seit Tagen so gut wie eingeschlafen.

Eigentlich konnte er sich schon denken, was kommen mag, wollte es aber noch nicht so recht wahrhaben. Es klingelte und diesmal ging er selbst nach unten um aufzumachen. Er öffnete und Sina stand davor. Sie trat ein und beide gingen in Toms Zimmer. Sina hielt eine Weile inne und schaute Tom nur an. Immer wieder ging ihr Blick wo anders hin, als wäre ihr der Blick in seine Augen unangenehm, als fühlte sie sich ertappt. Aber es half nichts, sie war gekommen um mit Tom zu reden. So begann sie "Mein lieber Tom, du weißt, dass ich dich liebe! Und ich weiß, dass ich Dir Versprochen hatte, immer an Deiner Seite zu sein." Doch da unterbrach sie Tom und sagte: "Ich weiß weswegen du hier bist!" Sina stockte und hielt den Atem an, da fuhr Tom fort: "Ich weiß wie es dir geht. Du warst schockiert, als du mich mit den Schläuchen und der Maschine gesehen hast. Ich hatte es erst nicht begriffen, dachte aber dann darüber nach." Sina bekam feuchte Augen und auch ihre Hände schwitzten. Tom sagte weiter: "Ich möchte nicht, dass du so leidest, weil ich weiß, dass es dir sehr nahegeht. Da ich dich liebe und weil ich dich beschützen will, möchte ich dich gehen lassen. Ich weiß es klingt paradox, aber nur so kann ich dafür sorgen, dass es dir gut geht!

Ich behalte dich in meinem Herzen!" Sina begann furchtbar zu weinen, eigentlich könnte sie erleichtert sein, weil Tom ihr diese schwere Entscheidung abgenommen hat, aber es tat so unheimlich weh und fühlte sich nicht richtig an. Tom nahm Sina in den Arm, nahm ihren Duft wahr und musste damit kämpfen, nicht selbst zu weinen, als Sina sich bei ihm bedankte, aufstand und dann ging. Es war so unendlich Traurig, da Sina seine große Liebe war, für die er alles getan hätte. Und er beruhigte sich selbst damit, dass er gewiss das bestmögliche getan hat und sie gehen ließ. Es würde ihn nichts glücklicher machen, als zu wissen, dass es Sina gut geht und sie glücklich wird. Die darauffolgenden Tage verbrachte Tom nur in seinem Zimmer. Das schöne Wetter draußen, die Freunde, die ihn zum Weggehen animieren wollten, das gute Zureden seiner Mutter, nichts dergleichen konnte ihn umstimmen. Er lag meist auf seinem Bett und starte die Wand an oder sah sich Bilder auf seinem Handy, von irgendwelchen Unternehmungen mit Sina an, was ihm nur noch mehr schmerzte. Aber der Gedanke daran, dass Sina jetzt vielleicht lächelt und fröhlich ist, machte ihm die Situation leichter.

Er vergrub sich ansonsten in seine Unterlagen und lernte, wollte sein Semester voranbringen, eilte von einer Vorlesung in die nächste. Verbrachte mehr Zeit auf dem Campus als Zuhause oder sonst wo. Alles was ihn ablenkte war gut. Es vergingen so einige Wochen ohne weitere Komplikationen. An seinen Stock hat er sich mittlerweile gewöhnt und auch die anderen Studenten hatten sich genug darüber lustig gemacht. Es ging so Tag für Tag besser und auch leichter. Irgendwann war es dann so, dass Sina einen besonderen Platz in seinem Herzen behielt, es aber nicht mehr so sehr schmerzte, wenngleich er immer noch sehr oft an sie dachte.

Bei Sina war es ähnlich, nach dem Gespräch mit Tom dauerte einige Tage, ehe sie wieder einigermaßen klarkam. Auch sie ging fleißig in die Uni und lernte viel um sich abzulenken. Freundinnen schleppten sie mal hier und mal da hin. Shoppen, Eis essen, Kino, Disco, doch nichts machte wirklich Spaß. Ab und an kam es vor, dass sie von einem Jungen angesprochen wurde, der sie auf ein Date einladen wollte, was sie aber ablehnte. Sie wollte von all dem nichts wissen und steckte ihre Nase nur noch tiefer in die Bücher.

Ein Jahr sollte so vergehen und das Leben beider normalisierte sich. In ihren Ausbildungen ging es gut voran und auch der jeweilige Freundeskreis brachte auf andere Gedanken. So kam es, dass die Beziehung immer mehr aus dem Fokus rückte, bis sie letztlich ganz in den Hintergrund geriet. Tom hatte zwischendurch immer mal kleinere gesundheitliche Probleme, welche aber schnell behandelt werden konnten. Er nahm seine Medikamente welche Immunsuppressiv wirkten, die Anzahl der Schübe verringerten, beziehungsweise die schubfreien Zeiten verlängerten. Ihm ging es damit soweit gut und er begann auch wieder mit Sport, spielte mit seinen Freunden manchmal Basketball, so gut es das Bein und die Erkrankung eben zuließen.

Die Zeit heilt nicht alle Wunden

Er lernte auch andere Mädchen kennen, welche durchaus an Ihm interessiert waren aber Tom lehnte alles ab, weil er nicht noch einmal solch einen Schmerz erleben wollte. Die Liebe zu Sina und der Moment als er sie gehen ließ saß immer noch tief, das wurde ihm jedes Mal aufs Neue bewusst. So blieb er lieber alleine, denn nach jedem dieser Erlebnisse musste er erneut an Sina denken, was dazu führte, dass er sie nie wirklich aus dem Kopf bekam und es tat immer wieder aufs Neue weh. Nach einer Weile begann er damit, sich in einer Selbsthilfegruppe für MS-Kranke anzumelden um sich mit anderen Betroffenen auszutauschen. Es war anfangs sehr befremdlich für ihn, weil in der Gruppe alle Verlaufsarten und Behinderungen vertreten waren. Die Gruppe traf sich in einem etwas älteren Haus, nicht weit von der Innenstadt entfernt, was für die Erreichbarkeit von Vorteil war, weil man bequem mit den öffentlichen Verkehrsmitteln hinkommen konnte. Vom Rollator bis zum Rollstuhl war in der Gruppe alles vertreten, was eine behindertengerechte Ausstattung des Hauses verlangte. Mit einer Rampe versehen und komplett ebenerdig war es so also kein Problem, die Gruppe trotz verschiedenster Hilfsmittel zu besuchen. Die Räume waren liebevoll bunt gestaltet und mit allerhand Bildern versehen, welche zum Thema MS und Behinderung passten. Mut sollen sie machen und Zuversichtlich stimmen, was beim Betrachten der Bilder durchaus gelang. Alles in allem waren die Räumlichkeiten sehr gemütlich und man fühlte sich wohl, vor allem aber, weil man unter Gleichgesinnten war. Tom wurde herzlich in die Gruppe aufgenommen und es erstaunte ihn vom Anfang an, wie unbeschwert manche trotz all der Probleme und Widrigkeiten wirkten. Es schienen alle fröhlich und gut drauf, als wäre es das Normalste von der Welt, mit solchen Einschränkungen umzugehen. Wüsste man es nicht besser, würde man kaum denken, in einer Gruppe von chronisch kranken und behinderten Menschen zu sein. Das gefiel Tom und er beschloss fortan öfter an der Gruppe teilzunehmen, welche einmal die Woche zu diesen Treffen zusammenkam. Es wurden unterschiedlichste Themen besprochen, über Medikamente, oder Hilfsmittel, aber auch Fußballergebnisse und alles Andere was Spaß macht. Es war die Freude am Leben, welche letztlich immer im Vordergrund stand. Ab und an, wurden aber auch mal nicht so schöne

Themen besprochen, zumindest aus Sicht von Tom. Denn es ging dabei um Beziehungen und damit verbundene Probleme. Einer der Gruppenteilnehmer sprach von seiner Frau, die ihn nach einer Weile, als er einen Rollstuhl benötigte und Probleme mit der Blase bekam, verlassen hat, weil sie damit nicht umgehen konnte. Er lebt nun schon seit Jahren alleine und hat damit abgeschlossen, so sagte er. Eine andere Teilnehmerin schwärmte von Ihrem Mann, der Zuhause neben der Arbeit noch die gröbsten Hausarbeiten wie das Putzen der Bäder und Wäsche waschen übernimmt, damit sie sich nicht überfordert.

Man sieht ihr die Dankbarkeit und Liebe an, die sie für ihn empfand, wenn sie von ihm spricht und man hört auch heraus, dass sie ihm gegenüber ein schlechtes Gewissen hat. Sie fragt mit funkelnden Augen in die Runde, ob jemand eine Idee hat, was sie ihm zum Dank Gutes tun könnte. Die Gruppe brachte Ideen hervor, welche sie allesamt sehr rührten. Eine dieser tollen Ideen, wurde gewiss ihrem Mann als kleine Aufmerksamkeit zuteil. Das gab Tom ein Stück weit den Glauben an die Liebe zurück, wofür er dankbar war.

Dann war Tom an der Reihe. Er wurde gefragt, wie es denn bei Ihm mit der Liebe bestellt war. Er blickte stumm, senkte den Kopf und sagte "Ich habe meine Freundin gehen lassen, um sie zu schützen!" Die anderen Mitglieder schwiegen und sahen sich betroffen an. "Aber warum schützen" fragte eine der Frauen in der Runde. "Wovor schützen?" hakte sie nach. Da guckte Tom sie an und sprach "Ich wollte sie vor dem Leid bewahren, was sie empfand, als sie mich im Krankenhaus an der Maschine hängen sah" und erzählte weiter, über die Zeit im Krankenhaus und der Plasmapherese. Wie schockiert Sina war, als sie das sah. Die bitteren Tränen, die sie weinte und die Gedanken, welche Tom sich machte, weil er nicht wusste, wie er Sina helfen konnte. Da sah ihn ein anderer Gruppenteilnehmer mit finsterer Miene an und sagte "Du bist der letzte, der sich für irgendetwas entschuldigen, oder rechtfertigen müsste, denn du kannst für deine Krankheit nichts. Genauso wenig wie wir alle hier! Du kannst nur versuchen zu erklären, was mit dir los ist, um so für Verständnis zu sorgen, aber mehr kannst du nicht tun!" Tom verstand, was er meinte und trotzdem fühlte es sich immer so an, als müsste er sich für seine Erkrankung, oder wenn er deswegen mal nicht so kann, rechtfertigen. Für Verständnis sorgen, wäre eine gute Idee dachte sich Tom und lächelte. Man konnte merken, dass ihn dieser Gedanke nicht mehr losließ. Er lenkte das Thema auf ein anderes Gruppenmitglied, welches dann auch von seinen Erfahrungen berichtete. Während dessen war Tom gar nicht mehr bei der Sache. Er dachte darüber nach, wie man es umsetzen könnte, für Verständnis zu sorgen und ihm kamen Situationen ins Gedächtnis, wie jene damals mit dem Rollstuhl, als Sina weglief. Sina… da war sie wieder.

Er sah sie vor sich mit ihren funkelnden, grünen Augen und sogar an ihren Duft konnte er sich plötzlich wieder erinnern. Verdammt, dachte er sich, das ist vorbei, Geschichte, Ende! Eine alte Wunde wurde wieder aufgekratzt und es schmerzte wieder, obwohl längst ein Jahr verging. Wie es ihr wohl geht? Ob sie mit einem Anderen glücklich ist? Dieser Gedanke tat besonders weh und Tom schob diese Gedanken gleich wieder zur Seite. Die Gruppe ging zu Ende und die Gruppenleiterin bat Tom, noch etwas zu bleiben, während alle anderen nach und nach das Haus verließen. Sie bemerkte, wie sehr es Tom mitnahm und wie abwesend er im weiteren Verlauf der

Gruppenstunde war. Sie fragte ihn, ob er denn keine Möglichkeit mehr sehe, wenn es doch, wie man spüren konnte, so eine besondere Liebe war, aber Tom sah keine Chance mehr. "Zu lange ist es her und gewiss fand sie schon jemanden Neues. War sie doch so schön und bezaubernd" fuhr Tom fort. Marianne, so hieß die Leitern, hielt seine Hand, gerade so, als wollte sie ihn trösten. Tom bedankte sich bei ihr fürs Zuhören und ging dann auch. Wieder spukte Sina in seinem Kopf herum, aber er war sich sicher, dass es wieder vergehen würde. Weitere Monate vergingen, das Studium hat Tom hervorragend abgeschlossen und er bewarb sich etwa zweihundert Kilometer von Zuhause entfernt für eine Stelle als Ingenieur. Das Gespräch verlief wie erhofft und auch der MS-Erkrankung war man nicht mit Ablehnung begegnet. So bekam Tom seine Chance und konnte schon bald mit der Arbeit beginnen. Natürlich setzte solch eine Chance weitere Veränderungen voraus, was bedeutete, dass Tom sich seine erste eigene Wohnung suchen musste. Es dauerte eine Weile, aber er wurde fündig und bezog eine kleine Zweiraum-Wohnung an seinem Arbeitsort. Sogar einen Balkon konnte er sein Eigen nennen, welcher vom Verkehrslärm weg nach Hinten raus ins Grüne zeigte. Wochen vergingen, in denen sich Tom sein neues Heim einrichtete, während er in seinem neuen Beruf gut Fuß fassen konnte. Es machte ihm Spaß, als Ingenieur in der Produktprüfung tätig zu sein und es blieben eigentlich keine Wünsche offen. Er fand Kontakt zu Kollegen und Bekannten, knüpfte Freundschaften und bald war für ihn die neue Umgebung sehr vertraut.

Man kann sagen, dass er in seinem neuen Zuhause angekommen war und einmal pro Woche telefonierte er mit seinen Eltern, um sich nach ihnen zu erkundigen und zum anderen, damit er sein eigentliches Zuhause nicht vermisst. Etwas wehmütig und schwer ist es ihm dann immer, wenn das Telefonat beendet ist, aber er freut sich, dass es den Eltern gut geht. Oft sitzt er nach Feierabend in einem Café und denkt an frühere Zeiten, wie schön unbeschwert diese waren. Dann denkt er auch an die Zeit, als seine Erkrankung begann, er seine große Liebe ziehen ließ und man mag es kaum glauben, aber nach so langer Zeit, schmerzte es ihm noch immer! Wieder rief er die Erinnerungen ab, wie Sina duftete, sich anfühlte. Wieder schmerzte ihm das Herz, als brannte es ihm ein Loch hinein und wieder würgte er seine Gefühle ab, sperrte sie in eine kleine Schatulle tief in seinem Inneren, um diesem Schmerz zu entfliehen. Er trinkt dann in solchen Momenten immer schnell seinen Kaffee leer um wieder nach Hause zu gehen, um sich irgendwelchen Dingen zu widmen, die viel Zeit kosten und wenig Raum zum Denken lassen. Zuhause bei Sina hingegen, herrschte Hektik. Auch Sina war mit Ihrem Studium fertig. Sie hatte einen neuen Freund und schien mit ihm glücklich zu sein. Auch sie war dabei, wo anders sesshaft zu werden und zog Zuhause aus. Ihre Mutter war traurig darüber, ihre Tochter ziehen zu lassen und wie Mütter halt so sind, ging es nicht ohne Tränen und Sorge, ob denn alles gut wird. Sina drückte sie und ihren Vater ganz feste und versprach sich zu melden, sobald sie angekommen sind.

Auch sie und ihr Freund hatten bereits eine neue Bleibe an dem Ort, wo sie künftig arbeiten werden. Angst mischte sich mit Neugier, weil man das Vertraute aufgab, um an einem fremden, unbekannten Ort zu ziehen und sich dort einer ganz neuen Situation zu stellen. Sie war ganz aufgeregt und schleppte nach Ankunft in der neuen Wohnung, all ihre Sachen eifrig nach oben. Es war eine schöne

Dreiraum-Wohnung mit hübscher Küche, einem Balkon zur Straße, welcher schön begrünt war. Ein gemütlicher Altbau im Jugendstil, mit Ornamenten an den hohen Decken und genau richtig für Sina, um sich gestalterisch auszutoben. Alsbald hingen schöne Bilder an den Wänden. Alle Räume bekamen Sinas ganz eigenen Stempel aufgedrückt und die Wohnung wurde zu einer Wohlfühl-Oase. Es lief soweit alles wie geplant und die Arbeit als Architektin machte ihr Spaß. Auch die Kollegen waren toll und unterstützten sie sehr bei der Eingewöhnung. Ein neuer Freundeskreis entstand und so fühlte sich Sina in ihrem neuen Umfeld mehr und mehr Zuhause. Eine Arbeitskollegin entpuppte sich als neue beste Freundin und fortan waren die beiden beinahe unzertrennlich. Dieser Umstand war es, welcher Sina ganz besonders gutgetan hat.

Wenn Unvorhergesehenes geschieht

Es vergingen einige Jahre, Sina war inzwischen 32 Jahre alt geworden, als etwas Merkwürdiges geschah. Sina bekam Probleme mit ihrem rechten Arm. Die Finger wurden pelzig und der Arm fühlte sich sehr schwer an. Auf der Arbeit störte es am meisten, wenn man gerade an einem Modell arbeitete und das Gefühl nicht voll da war. Als Architektin braucht man die Hände und das Gefühl darin, weshalb sie sich entschied, noch am gleichen Tag etwas früher Feierabend zu machen um sich zum Arzt zu begeben. Es dauerte eine Weile, bis sie drankam und sie schilderte dem Hausarzt ihr Problem. Er hob den Arm an, hantierte etwas daran herum und sagte dann schließlich mit betroffenem aber ratlosem Blick, dass er ihr nicht weiterhelfen kann, da es wohl etwas Neurologisches sein könnte. Eine Überweisung zum Neurologen stellte er ihr noch aus und Sina wurde etwas unruhig. Sie verließ die Praxis und musste sofort an die Zeit mit Tom zurückdenken, wie bei Ihm alles anfing. Es lief ihr ein kalter Schauer über den Rücken und sie ging nach Hause, um sich nach einem passenden Neurologen umzuschauen und versuchte sich nicht weiter verrückt zu machen.

Eventuell hat sie es auch nur mit dem Sport übertrieben und hat sich was eingeklemmt oder verhärtet, beruhigte sie sich und erzählte Zuhause ihrem Freund davon. Er nahm es gar nicht ernst. "Es wird schon nichts Schlimmes sein!" sagte er und kümmerte sich weiter um seinen Papierkram, den er wie so oft, aus der Arbeit mit nach Hause brachte. Sina rieb ihren Arm und guckte ihren Freund sprachlos an, während sie sich über ihn ärgerte. Wieso er nur immer so ist und sich scheinbar keine Gedanken um mich macht, wenn mit mir was nicht stimmt. Aber sie hatte keine Zeit, sich weiter Gedanken darüber zu machen, schnappte sich ihr Smartphone und suchte Nummern von Neurologen im Ort heraus. Als sie welche gefunden hatte, rief sie auch direkt beim ersten an, welcher sie noch als Notfall mit erheblicher Wartezeit dazwischenschieben konnte.

Als das Gespräch beendet war, hörte sie ihren Freund aus dem Nebenzimmer "Einen Neurologen? Was willst du denn da? Da sind doch nur welche mit 'nem Schaden… das vergeht schon wieder!" Sina konnte kaum glauben, was ihr Freund da von sich gab und wurde wütend. "Was für ein Problem hast du denn bitteschön? Was für einen Schaden?

Was meinst du damit?" Er bemerkte, dass sie richtig sauer war und beschwichtigte nur, dass er das nun gar nicht böse meinte und sprach dann aber nicht mehr weiter darüber. Er arbeitete einfach weiter und schenkte Sina keine weitere Aufmerksamkeit. Sina stand immer noch da und sah ihn fragend an, was er bemerkte, aber er winkte nur ab. Sie war fassungslos, denn solch ein Verhalten zeigte er in den letzten Monaten öfter. Sie schnappte sich also ihre Sachen und ging. Wortlos zog sie die Türe ins Schloss und machte sich auf den Weg zum Neurologen. Dort angekommen, nahm sie im Wartebereich Platz, füllte den Patientenfragebogen aus und wartete geduldig, bis man sie irgendwann aufrufen würde.

Es war voll im Wartezimmer. Einige Patienten mit Hilfsmitteln waren auch da und sie musste wieder an Tom denken, wie es ihm wohl mittlerweile ging. Sie hatte keine Telefonnummer mehr und nach so vielen Jahren lebt er gewiss auch nicht mehr bei seinen Eltern, sondern ebenfalls in einer eigenen Wohnung. Dreiunddreißig müsste er wohl sein, wie er jetzt wohl aussieht. Ob er denn jetzt in einem Rollstuhl sitzt?

All diese Fragen beschäftigten Sina, während sie wartete und ein Patient nach dem anderen aufgerufen wurde. In der Praxis ging es recht hektisch zu und wie es so ist, konnte man neben dem bekannten Praxisgeruch im Wartebereich die typische Lektüre vorfinden. Es lagen Broschüren aus wie "Mr. P" ein Magazin über Parkinson, oder das Magazin einer MS-Gesellschaft und noch einige andere. Sina war unwohl bei dem Anblick. An den Wänden hingen Poster, die zur Aufklärung über all diese neurologischen Krankheiten dienten. Es war erdrückend und beängstigend zu gleich, trotzdem fand sie es gut, dass man sich darüber informieren konnte.

Nach einer Weile wurde Sina ins Sprechzimmer gerufen. Der Arzt schien nett und nahm sich Sinas Anliegen an. Er höre sich die Probleme an und untersuchte dann den Arm. Sie musste Übungen machen, wie zum Beispiel die Hand des Arztes fest zu drücken. "Hmm…" sagte der Arzt und notierte etwas in die Unterlagen. Dann sagte er zur Arzthelferin, dass sie mit Sina eine Messung machen sollte. Sina verstand erst nicht, ging aber mit der Helferin mit in ein Nebenzimmer, wo Sina in einem schwarzen Ledersessel platznehmen sollte. Es wurden ihr mit einer speziellen Paste Elektroden auf die Kopfhaut geklebt, was sich nass und ekelig anfühlte. Auch an den Fingern wurden mit kleinen Bändern welche angebracht. Die Arzthelferin erklärte dabei jeden der Schritte ganz genau, um Sina zu beruhigen. Im Anschluss wurde ein ganz leichter Strom durch den Arm geleitet, was speziell in den Fingern zu bemerken war, weil dies leicht kribbelte und die Finger der Hand zuckten. Die Messung war schnell vorüber und die Helferin brachte Sina zusammen mit der Auswertung zum Arzt zurück. Er sah sich das Ganze mit einem prüfenden Blick an und sagte dann "Ihre Nerven im Arm weisen eine verlangsamte Leitgeschwindigkeit auf!" Sina blickte ihn an und fragte "Und was heißt das nun?" Der Arzt sagte: "Ich kann nichts Genaues sagen, es müssen noch einige Tests gemacht werden, aber dazu würde ich sie gerne in die Neurologie überstellen, da ich die Tests hier vor Ort nicht durchführen kann." Sina war wie vor den Kopf gestoßen. Der Arzt schrieb die Überweisung aus und bat Sina, sich bei der Ambulanz im städtischen Krankenhaus zu melden, wo dann ein MRT und weitere Tests durchgeführt werden sollten. "Machen sie sich keine Sorgen, dies dient alles nur als

Vorsichtsmaßnahme!" Sina wollte ihm das glauben, verabschiedete sich und ging aus der Praxis. Zur Klinik war es nicht sehr weit, sie konnte bequem hinlaufen.

Während sie Dort hinlief, dachte sie an ihren Freund, dass es ja schon später Nachmittag war und sie eigentlich noch das Abendessen zubereiten wollte. Dabei kam ihr aber wieder sein dummer Spruch in den Sinn, was sie wieder sauer werden ließ. Sie entschied, direkt ins Krankenhaus zu gehen, soll er doch sehen, wo er bleibt! Dort angekommen ging wieder alles von Vorn los. Patientenfragebogen ausfüllen und warten, die anderen Patienten ansehen und sich dabei unwohl fühlen, bis man dann irgendwann aufgerufen wird. Sina musste wieder Tests mit dem Arm machen lassen. Der Stromtest wurde auch nochmal gemacht und auch diesmal nur ein prüfender Blick des behandelnden Arztes. "Wir lassen ein MRT machen" sagte dieser und rief in der Radiologie an. Sina wurde dann von einem Pfleger nach unten in die radiologische Abteilung gebracht und dort angekommen, musste alles ganz schnell gehen, weil sie dazwischengeschoben wurde. Dementsprechend genervt waren die Schwestern, aber es klappte alles ganz gut.

Sina hatte Angst in dieser engen und lauten Röhre, aber es musste sein und so hielt sie es geduldig aus. Etwa 20 Minuten musste sie ausharren, ehe sie wieder rausgefahren wurde und sich wieder anziehen durfte. Für diese Untersuchung müssen sämtliche metallischen Gegenstände abgelegt werden, damit durch die hohe magnetische Aktivität nichts passiert, weshalb man vor der Untersuchung dazu aufgefordert ist, sich bis auf die Unterwäsche zu entkleiden. Als Sina dann wieder angezogen war, wurde sie dazu aufgefordert im Wartebereich der Ambulanz Platz zunehmen. Es dauerte etwas und Sina wurde immer nervöser. Als sie dann wieder in den Behandlungsraum geholt wurde, hätte sie am liebsten ihre Eltern dabeigehabt, aber die waren zu weit weg. Der Arzt guckte etwas ernster als vorhin und sagte, dass man auf den MRT-Aufnahmen zwei hell aufleuchtende Herde sowie bereits vernarbte Stellen gesehen hat. Man wäre sich fast sicher, wollte aber noch eine Lumbalpunktion machen. Sina kannte das Wort, Tom hat das damals auch bekommen. "Sie wollen Nervenwasser …. Habe ich MS?" fragte Sina. Der Arzt stutzte etwas, da er mit dieser Frage wohl nicht gerechnet hat, sagte dann aber "Wir gehen davon aus, dass ein entzündlicher Prozess in ihrem Körper stattfindet. Es bedarf aber noch der Untersuchung und den Ergebnissen des Blutes um letztlich eine vorläufige Diagnose stellen zu können."

Sina sollte wieder im Wartebereich platznehmen und fiel dort angekommen aus allen Wolken. Sie wollte, dass ihr Freund ins Krankenhaus kommt und rief an, aber er ging nicht ans Telefon. Sie probierte es am Handy, aber auch da ging nur die Mailbox ran. Sie war verängstigt, allein und eine schlechte Nachricht des Arztes ließ nicht mehr allzu lange auf sich warten. Sie versuchte es noch einige Male, aber es antwortete immer nur die Mailbox. Sie saß da, den Tränen nahe und zitterte, als neben ihr noch jemand Platz nahm. Sie achtete nicht darauf und guckte die Kontakte in ihrem Smartphone durch, wen sie denn jetzt anrufen könnte, als die Person neben ihr plötzlich sagte: "Sina? du hier?" Sina hielt inne, denn die Stimme war ihr sehr vertraut, sie drehte sich und konnte es kaum glauben. Es war Tom, ihr Tom!!! "Was machst du hier?" fragte er sie und blickte Sina erstaunt und mit großen Augen an. Das Schicksal meinte es gut und es war wohl wie ein Rettungsanker, denn Sina sah Tom und die Dämme brachen, sie weinte los und war kaum noch zu beruhigen. Doch er war da, zog sie zu sich her und hielt sie einfach nur fest. Als er sie im Arm hielt, ihren Duft wahrnahm, diesen Geruch, den er nie aus dem Gedächtnis bekam, musste auch er ein paar Tränen verdrücken, vor Glück, weil er seine Sina wiederhatte. So saßen sie beide da, fest umschlungen und seufzend, während Sina darauf wartete, wann sie aufgerufen wird. Da fragte Sina plötzlich "Wie geht es dir eigentlich mit der MS?" Tom guckte an sich herab und sagte "Soweit alles gut, hier und da sind mal Kleinigkeiten, wie Gefühlsstörungen und Zittern, aber sonst ist alles gut. Ich nehme meine Medikamente und komme bis auf die Müdigkeit gut klar." – "Müdigkeit fragte Sina?" und Tom erklärte ihr, dass er seit einiger Zeit unter Fatigue leidet. "Es ist ein chronisches Erschöpfungssyndrom, welches einem mit Müdigkeit und Schwächegefühl manchmal das Leben schwermacht. Aber ich komme damit klar, richte mir meine Pausen ein und meist klappt das ganz gut!" Sina war auch oft sehr müde, trotzdem sie viel Schlief und manchmal hatte sie das Gefühl, als hätte sie Betonschuhe an. Mag das auch sowas sein?? ging es ihr im Kopf herum. Tom riss sie aus ihren Gedanken mit der Frage, was sie denn hier macht. Und guckte dabei neugierig. "Hast du jemanden hier, der krank ist?" fragte Tom und Sina weinte wieder. "Ich bin krank" sagte Sina. Er sah sie ungläubig an, als Sina ihm von der Taubheit im Arm erzählte, was der Neurologe sagte und dass sie hier zur Untersuchung sei. Weiter erzählte sie ihm, dass im MRT zwei weiße Flecken gefunden wurden und noch einige andere vernarbte Stellen. Und dass sie nun noch eine Lumbalpunktion machen wollen, wovor sie solch eine Angst hat. Er versuchte sie zu beruhigen und fragte sie, ob sie denn jemanden Anrufen wollte, der sie unterstützt. Aber die Eltern waren zu weit weg und ihr Freund ist nicht zu erreichen. Als er von ihrem Freund hörte, wurde er still. Er hat seine Sina wiedergefunden und sie war vergeben. Seine Umarmung löste sich etwas und es war ihm plötzlich unangenehm, weil er sich so vorkam, als wollte er die Situation ausnutzen. Das wollte er aber nicht und so nahm er sich etwas zurück. Dazu habe ich nicht mehr das Recht, sagte er sich und wollte einfach nur für sie da sein. Es dauerte noch eine Weile und Sina wurde zu der Untersuchung geholt. Sie guckte ihn an und er versprach ihr, dass er hierbliebe und auf sie wartete. Sie ging mit der Schwester den Flur entlang und bog dann in ein Zimmer ein.

Eine Liege stand da mitten im Raum. Seitlich ein Schrank mit allerhand Utensilien, Handschuhen und Pflasterstreifen. An der Wand hing eine Darstellung des Menschen, wo genau beschrieben stand an welchem Punkt man diese Nervenwasserentnahme machte. Es sah gruselig aus und am liebsten wäre Sina geflüchtet, aber die Ärztin, welche den Raum betrat, erkannte ihre Angst und beruhigte sie. Die Ärztin sagte "Ich werde Ihnen alles ganz genau erklären. Mit einer Kanüle werde ich zwischen den Lendenwirbeln hindurch in den Duralsack einstechen, wo das Nervenwasser bevorratet ist. Sie werden möglicherweise wie eine Art Stromschlag spüren und ein Bein könnte kurz zucken. Dies ist aber nicht weiter schlimm, denn es bedeutet nur, dass ich mit der Kanüle ein Nervenende berührt habe. Das Einführen der Nadel kann als unangenehm empfunden werden, aber ich werde mir größte Mühe geben, damit es Ihnen nicht zu sehr schmerzt." Sina wusste nicht ob sie nun beruhigt oder ängstlich sein soll, aber es schien wohl eher eine Mischung aus beidem zu sein und so wollte sie die Prozedur tapfer über sich ergehen lassen. Die Entnahme des Nervenwassers war in Minuten erledigt und auch das Zucken des Beins passierte wie angekündigt.

Die Ärztin gab sich wirklich große Mühe und so wurde es von Sina nach dem einstechen, wie ein unangenehmes Druckgefühl empfunden. Es war aber gut auszuhalten und so durfte sie sich wieder anziehen. Die Ärztin sprach noch über eventuell auftretende Probleme wie etwa Kopfschmerzen und Übelkeit. "Sie sollten in den nächsten Stunden möglichst viel trinken und sich ausruhen, da diese Untersuchung nicht ganz ohne für ihren Körper ist!" Sina nickte, verließ den Untersuchungsraum und ging wieder zurück zu Tom, der wie versprochen auf sie wartete.

Es dauerte auch nicht lange und der Arzt kam zu Sina um sie über den weiteren Verlauf aufzuklären. "Das entnommene Liquor wird nun untersucht, dies dauert ein paar Tage, bis wir davon ein aussagekräftiges Ergebnis haben. Die MRT-Bilder als solches, sowie die Symptome, die den Arm betreffen, sprechen aber eine relativ eindeutige Sprache. Ich muss sie daher darauf vorbereiten, dass sie womöglich Multiple Sklerose haben. Eine endgültige Diagnose können wir aber erst nach Untersuchung von Blut und Liquor stellen." Sina war platt. Irgendwie hat sie etwas geahnt, jedoch weit weggeschoben. Und nun ist es doch der

Fall und sie sah Tom wie benommen an. Der Arzt weiter "Sie bekommen von uns Kortison-Tabletten mit, welche sie bitte wie darauf verordnet einnehmen, um die Entzündung einzudämmen. Wir geben Ihnen Bescheid, sobald wir die Ergebnisse haben. Machen sie sich nun bitte keine schlimmen Gedanken, mit MS kann man heute wirklich gut leben!" Er verabschiedete sich, drehte sich um und ging, weil schon der nächste Patient wartete. Zurück blieb Sina, die es noch immer nicht so ganz glauben konnte, was gerade passierte.

Tom drückte sie um ihr in dem Moment beizustehen, weiß er doch selbst am besten, wie es sich anfühlt, wenn man solch eine Diagnose gestellt bekommt. "Lass uns gehen Sina" sagte Tom und zog sie an der Hand nach Draußen. Es ist nicht so schlimm, wie du dir das jetzt ausdenkst." Sina nickte, aber so recht überzeugt war sie dennoch nicht. "Soll ich Dich nach Hause fahren? Mein Auto steht direkt um die Ecke!" fragte Tom und Sina willigte ein. Wortlos ging sie mit ihm zum Wagen. Als sie im Auto saßen fragte Tom sie nach ihrem Freund, ob sie ihn anrufen wolle. Aber sie schüttelte den Kopf und sagte, dass er sich eh nicht für ihr Problem interessiert hatte. Tom konnte nicht fassen, was er gerade gehört hatte. Er ließ sie mit dem Kummer allein? Das kann er doch nicht machen, dachte sich Tom und war wütend. Sina nannte ihm die Adresse und er fuhr sie nach Hause. Während der Fahrt, fragte sie ihn was er denn hier in der Stadt mache. Er antwortete, dass er bei einer großen Firma in der Stadt arbeitet und nur zwanzig Kilometer entfernt wohnt. Sina konnte es kaum glauben. "Wir sind beide von Zuhause weggezogen, unabhängig voneinander und treffen uns zweihundert Kilometer entfernt wieder und wohnen sogar fast im gleichen Ort!" sagte Sina und war total erstaunt. Bei Sina Zuhause angekommen, bedankte sie sich bei Tom und schrieb ihm noch schnell ihre neue Telefonnummer auf. Zum Abschied gab sie ihm noch einen Kuss auf die Wange und bedankte sich dafür, dass er sie Heim brachte. Tom sah ihr noch kurz nach, als sie zur Türe lief, fuhr dann aber los. An der Türe stehend, drehte sich Sina auch nochmal nach Tom um, welcher aber im nächsten Moment schon abbog. Am Fenster oben stand ihr Freund, der das alles mit ansah und wütend wurde. Sina kam die Treppen hoch und da stand er schon in der Tür und fuhr sie an "Wer war das und wieso hast du ihn geküsst?"

Sina ging erst einmal wortlos in die Wohnung und legte ihre Jacke ab. Es war schon spät und sie war unendlich müde. Doch ihr Freund gab nicht nach, tobte, schrie herum und forderte immer wieder Antworten. Da wurde es Sina zu bunt. "Es war Tom, meine große Liebe, der mich gehen ließ, weil er so krank war und immer noch ist. Und während du mit deinem Papierkram beschäftigt warst und ich Dich gebraucht hätte, hast du nur abgewunken und weitergearbeitet. Ich war in der Zeit im Krankenhaus und habe eine vorläufige Diagnose erhalten. Denn ich habe wahrscheinlich ebenfalls Multiple Sklerose." Er reagierte eher kühl und sagte "Wahrscheinlich…. Was heißt das schon! Ebenso gut kann es auch nicht der Fall sein!" Sina war maßlos enttäuscht. Sie zog ihre Jacke an und schnappte sich ihre Tasche. "Wohin willst du denn jetzt schon wieder?" fragte er sie, doch diesmal war es Sina die einfach nur abgewunken hat und zog die Türe zu. Eigentlich wollte sie schlafen gehen, aber sie hielt es bei diesem Ignoranten nicht länger aus. So ging sie ohne ein bestimmtes Ziel los, durch die Nacht und versuchte ihre Gedanken zu ordnen. Es trieb sie Richtung Innenstadt, ziel- und planlos, einfach Laufen wohin die Beine trugen. Die rechte Hand vorsichtig in die

Jackentasche gesteckt, damit sie nicht mehr so schwer wirkte. Ihre Gedanken zogen wirr umher, der Kopf brummte und in all dem Chaos immer wieder das Bild von Tom, wie er plötzlich neben ihr saß. Er hat sich verändert, hatte einen gepflegten Bart. Etwas fülliger wirkte er, was aber auch die Jacke gewesen sein konnte. Es fühlte sich einfach wunderschön an, als er sie in den Arm nahm und sie träumte sich so Schritt für Schritt ins Nirgendwo. Hauptsache weg von Zuhause. Ach, Zuhause… wo war das schon. Sie kam an einer Brücke an, die über einen breiten Fluss führte. Kopfsteinpflaster und die alten Straßenlaternen ließen diesen Ort düster und mystisch wirken. Diese Illusion wurde aber von einem vorbeifahrenden Auto unterbrochen. Als Sina aufsah, konnte sie schon von weitem die Leuchtreklamen einzelner Geschäfte lesen und wie weit sie in der Zeit gelaufen war, wurde ihr erst in diesem Moment bewusst. Es fror sie etwas und sie wusste nun so gar nicht wohin sie gehen sollte. Nach Hause um sich wieder den Vorwürfen und Gemeinheiten auszuliefern? Um ihre Erkrankung kleinreden zu lassen? "Solch eine Unverschämtheit, ich dachte ich kenne diesen Mann, aber da habe ich mich getäuscht" murmelte sie vor sich hin und wurde dabei direkt noch wütender. Als sie um eine Ecke bog, ging sie an einer Tankstelle vorbei, welche noch offen hatte. Sie hätte ohnehin nur noch ein paar Stunden zu warten brauchen, bis die meisten Geschäfte schon wieder geöffnet hätten. Als sie die Tankstelle fast passiert hatte, blieb sie plötzlich stehen. Tom stand da neben seinem Auto und guckte auf sein Handy. Sie konnte ihr Glück kaum fassen, denn zum zweiten Mal an diesem Tag klopfte ihr das Schicksal auf die Schulter. Sie atmete tief durch und ging auf ihn zu und Tom war so in sein Handy vertieft, dass er es nicht wahrnahm, dass jemand zu ihm hinlief. Er starrte auf das leere Textfeld seines Messenger, doch ihm fehlte der Mut, Sina eine Nachricht zu schreiben. Er machte sein Handy aus, steckte es in die Hosentasche und ärgerte sich, weil er zu feige ist um sich bei ihr zu melden. "Gewiss schläft sie schon und außerdem hat sie ja einen Freund!" murmelte er. Er wollte gerade ins Auto einsteigen und als er aufblickte, stand Sina vor ihm. Er war perplex, stand nur da und sah sie an, als wäre er erstarrt. Mit halb geöffnetem Mund und großen Augen stand er vor ihr, als plötzlich eine Träne über seine Wange lief. Der Schmerz, sie gehen zu lassen hat ihn wieder eingeholt, er konnte kaum Atmen so schwer war die Brust und er blickte in die schönsten Augen, die er je gesehen hatte und die ihm seither nie mehr aus dem Kopf gingen. All die Gedanken, all die Gefühle, alles war da und brach aus ihm heraus wie ein Vulkan. Er weinte, konnte es nicht aufhalten und musste es geschehen lassen. Zu machtvoll waren diese Empfindungen und zu wenig hatte er entgegenzusetzen. Sie nahm ihn in den Arm und drückte ihn, so gut sie es mit nur einem Arm konnte. Er schlang seine Arme um sie und es fühlte sich für beide an, als ob sie nie wirklich voneinander getrennt gewesen wären. Für Sina gab es ebenfalls kein Halten mehr und so weinten sie beide vor Freude, weil sie sich nach der langen Zeit wiedergefunden haben und weil so viele Jahre voneinander getrennt waren. Doch auch Sina war jetzt erleichtert, weil sie jetzt, wo es ihr so schlecht ging, Tom wieder bei sich hatte. "Ich hatte nach Dir keine andere Frau mehr." sagte Tom und konnte sie kaum loslassen. Es schien so unwirklich und doch so magisch, dass sich die beiden so weit weg von Zuhause wiedergefunden haben, dass es wohl ein Zeichen sein musste, wie Sina feststellte. "Ich glaube, die Beziehung zu Matthias war von Anfang an zum Scheitern verurteilt, weil er mich nie so verstanden hat wie du!" sie blickte Tom dabei tief in die Augen und fuhr fort: "Jetzt kann ich Dich verstehen, wie du dich damals gefühlt haben musst und es tut mir so unendlich leid!"

Tom lächelte und sagte "Es ist alles nicht so schlimm wie man denkt!" und gab ihr einen Kuss auf die Stirn. "Sieh her, wir haben uns wieder und sieh mich an, ich gehe, ich lache und freue mich über diesen Moment." Sina musste ihn direkt nochmal feste drücken und genoss es, dass er sie im Arm hielt. "Du hast recht, - *flüsterte sie* - So fühlt sich wohl wahre Liebe an!" Tom lud Sina zu sich nach Hause ein und dort angekommen, quatschten sie die restliche Nacht über frühere Zeiten, was zwischenzeitlich passierte und lachten gemeinsam über so manche Anekdote. Als das Thema aber auf die aktuellen Geschehnisse schwenkte, wurde Sina wieder still, das Lächeln wich einem besorgten Blick. "Was soll ich denn jetzt tun?" fragte sie Tom, doch er konnte keinen guten Ratschlag aus dem Hut zaubern. Wenngleich er auch sauer auf Sinas Freund war und sie am liebsten bei sich behalten hätte, fragte er sie, ob sie denn keine Chance mehr für ihre Beziehung sehe. Sina verneinte, denn kurz nachdem sie mit Matthias zusammenzog, war zwischen den beiden der Wurm drin. Sie musste nach der Arbeit, welche sie forderte, noch den Hausputz, den Einkauf und all das allein erledigen, während er sich auf seine Arbeit, sein Hobby und Aktivitäten mit seinen Kumpels stürzte. Sina wurde dabei total vergessen oder gar ignoriert. Wenn ihm danach war, durfte Sina mal bestimmen was unternommen wird und dann schwenkte es doch wieder ganz schnell zu dem um, was er sich vorstellte. Aber selbst solche Tage konnte sie seither an einer Hand abzählen. Tom war sauer auf diesen Kerl und am liebsten hätte er ihm mal ordentlich die Meinung gesagt, aber was soll es bringen? Man stellt sich doch nur auf die gleiche Stufe und das musste nicht sein. Sina wollte da weg und erwog sogar den Job aufzugeben um wieder in die Nähe ihrer Eltern zu ziehen, denn gekriselt hat es schon vor der Erkrankung von Sina. Diese Situation brachte das Fass nun lediglich noch zum überlaufen und zeigte ihr deutlich, dass sie etwas ändern müsse. Sina war hundemüde und während Tom noch ein wenig von sich und seiner Zeit nach der Trennung von ihr erzählte, schlief Sina in seinem Arm ein. Sie muss extrem erschöpft gewesen sein nach dieser Nacht und so legte er sie vorsichtig hin.

Er bettete ihren Kopf auf einem Kissen, deckte sie mit einer warmen Wolldecke zu und stand noch eine ganze Weile da, als wollte er sie bewachen. Er sah sie an, wie sie schlief und es durchfuhr ihn eine Wärme, wie er sie lange nicht mehr gespürt hat. Eine Wärme, welche er nur noch wage aus seinen Erinnerungen kannte. Sie sah so friedlich aus und fast konnte man vermuten, dass sie im Schlaf lächelte, während sie ganz ruhig atmete. Es wurde irgendwann hell Draußen, die Vögel sangen und die Sonne, welche zu einem Spalt am Fenster hereinschien, kitzelte Sina an der Nase. Sie streckte sich, rieb sich die Augen und öffnete sie. Sie fand sich auf der Couch in Toms Wohnzimmer wieder. Eine Weile lag sie noch da, ließ den Vortag nochmal in Gedanken ablaufen und ertappte sich dabei, wie sie lächelte. Nach einer Weile stand sie auf und sah sich die Bilder an den Wänden an. Dann die Möbel, welche wunderbar harmonisch in den Raum passten, und Sina sehr gut gefielen. Es waren keine modern geschnittenen Möbel, wie man sie überall finden kann. Nein, es waren schöne, alte und mühevoll restaurierte Möbel! Ihre zarten Finger strichen über ein Sideboard, welches noch intensiv nach Nussöl roch. Zusammen mit der Deko, welche das Mobiliar gut in

Scene setzte, hatte man das Gefühl, in den Fünfzigern zu sein und es fehlte nur noch ein altes Grammophon, welches eine dieser alten Platten abspielte. Sie konnte den Staub in den Rillen, der dieses charakteristische Knacken hervorrief, in Gedanken hören. Während Sina diese Szene träumte, kam Tom ins Wohnzimmer um Sina zu wecken und sah sie, wie sie lächelnd und leicht wippend vor dem alten Sideboard stand. "Kann ich verstehen" sagte Tom "Ich habe auch immer so alte Melodien im Kopf, wenn ich die Möbel aufbereite!" – "Das hast du selbst gemacht?" fragte Sina und er lächelte und sagte: "Ja, ich mag so alte Möbel, sie sollten eine zweite Chance bekommen. Aber mal was anderes, hast du deine Eltern schon informiert?" Oh Schreck, Sina hatte da gar nicht mehr dran gedacht, ihre Eltern anzurufen. Tom gab ihr das Telefon und hatte die Nummer bereits gewählt. "Es ist doch noch immer dieselbe Nummer?" und Sina nickte. Es dauerte etwas, bis Sinas Mutter ranging. In dem Moment, kam aus Sina nur noch ein "Hallo Mama" und dann weinte sie schon los. Tom nahm ihr den Hörer ab und meldete sich. Sinas Mutter war kurz still und antwortete. "Hallo Tom – stutzte die Mutter - schön von dir zu hören, wie kommt denn Sina zu dir und

was ist mit ihr?" Tom erklärte ihr, was vorge-
fallen ist und Sinas Mutter beschloss mit dem
Vater zu ihnen zu fahren. In der Zwischenzeit
versuchte Tom seine Sina abzulenken. Er
wollte mit ihr machen, worauf immer sie Lust
hatte, aber Sina war nicht danach. Es ging ihr
nicht gut und sie legte sich lieber hin. Als sie
auf ihr Handy sah, hatte sie einige Mailbox-
Nachrichten. "Die sind gewiss alle von
Matthias!" und legte das Handy weg, als es
kurz darauf wieder vibrierte. Sina sah aufs Display und es war wieder Matthias. Sie ging ran
"Ja?" – "Wo treibst du dich die ganze Nacht
herum, ich habe mir Sorgen gemacht!" Sina
schwieg kurz und dann sagte sie "Du brauchst
dir keine Sorgen mehr zu machen, denn dein
Verhalten gestern war mir Beweis genug, dass
es zwischen uns nie wirklich etwas Ernstes
war. Du liebst nur dich selbst, deshalb bleib
besser dabei!" und sie legte auf. "Was ist mit all
deinen Sachen?" fragte Tom. Aber sie sah ihn
ratlos an und zuckte mir den Schultern. Tom
ging einiges durch den Kopf, denn er musste
sich da wohl etwas einfallen lassen. In der Zwischenzeit machte er etwas zu Essen, es war ja
bereits Mittagszeit und der Magen knurrte be-
drohlich. Er zauberte Nudeln mit Tomatensoße, denn mehr gab der Kühlschrank gerade

nicht her. Sina bemerkte, dass Tom in der Küche tätig war und schlich sich leise zu ihm um ihm zuzusehen. Die Nudeln garten bereits, als Tom sich an die Tomatensoße machte, eine Möhre zu kleinen Würfeln verarbeitete, Tomaten klein schnitt und Kräuter hackte. Er gab sich solch eine Mühe und es machte ihm so große Freude, für seine Sina zu kochen. Nach einer Weile stieg Sina der delikate Duft der Tomatensoße in die Nase, welcher so unglaublich lecker war, dass ihr sofort der Magen knurrte. Den Tisch hat Tom nebenher schön eingedeckt, was er in seinem Zuhause tatsächlich zum ersten Mal machte. Als das Essen auf dem Tisch stand, holte er Sina und sie freute sich riesig darüber, dass er ihr Lieblingsgericht gezaubert hat. "Spaghetti" sagt sie "Du hast es nicht vergessen, was für ein Schatz du bist!" Tom sah etwas ertappt drein, denn es war ihm tatsächlich in dem Moment nicht eingefallen und es war eher Zufall, dass es genau dieses Gericht war. "Das hat Matthias nie für mich gemacht." sagt Sina und sah traurig drein. Tom hörte ihr einfach zu und Sina erzählte weiter, dass sie sich wie eine billige Haushaltshilfe fühlte, selten mal ein nettes Wort, absolute Selbstverständlichkeit. Andere Mädels bekamen mal Blumen, oder wurden zum Essen

ausgeführt. Sie durfte die Dreckwäsche auf-
sammeln und sortieren, wo er sie gerade fallen
ließ. Tom machte das wütend und er musste
sich sehr beherrschen. "Wie kann man nur so
sein?" fragte Tom und hatte einen Kloß im
Hals als er sagte: "Ich hätte dich auf Händen
getragen, dir ein Blumenbeet gepflanzt, dir jeden Tag gezeigt, wie sehr ich dich liebe." Tom
verstummte, hatte damit zu tun, zu vermeiden,
dass er wieder losweinte, senkte seinen Kopf
und blickte still auf seinen Teller, in dem er
herumstocherte. Da sagte Sina mit leichter,
beinahe flüsternder Stimme: "Und warum
machst du es nicht einfach?" Tom reagierte
erst nicht, es war fast als hat er Sina nicht
richtig verstanden, aber als ob es in seinen Oh-
ren noch nachhallte.

Doch plötzlich hob er den Kopf, sah Sina mit
feuchten Augen an und sagte "Wie gerne ich
das tun würde!" Sina sprang auf und kniete
sich vor Tom hin, nahm seine Hand, zog ihn
zu sich runter und küsste ihn mit solch einer
Hingabe und Leidenschaft, als wolle der Kuss
nie mehr enden. Beide weinten miteinander
um die verlorene Zeit, aber auch vor Glück,
weil sie sich nun wiederhatten. Ab jetzt sollte
alles besser werden und gelobten sich, jetzt für

immer füreinander da zu sein. Kurz darauf klingelte es an der Türe, Tom öffnete und Sinas Eltern standen davor. Sinas Mutter nahm Tom in den Arm und bedankte sich bei ihm, dass er sich Sina annahm. Auch der Vater, der Tom freundschaftlich auf die Schulter klopfte um sich bei Ihm zu bedanken. Sie setzten sich und Sina erzählte Ihren Eltern alles, während Tom noch zwei Teller und Besteck eindeckte. Ihre Mutter musste ebenfalls weinen und die Eltern herzten Ihre Tochter, die zwischen ihnen saß. Tom kochte in der Zwischenzeit Kaffee und so verging auch der Nachmittag. Etwas später dann, bat Sinas Vater Tom zum Gespräch in die Küche.

Er wollte die Frauen mal alleine lassen und sich bei Tom erkundigen, wie es ihm mit der MS so geht. Tom spürte seine Angst um Sina und beruhigte ihn. "Diese Erkrankung verläuft in den meisten Fällen milde. Sicherlich gibt es auch krasse Fälle mit schwerer Behinderung aber im Großen und Ganzen, kann man ganz gut damit leben. Meist hat man Symptome, die von außen nicht zu erkennen sind, welche einem stark zu schaffen machen. Das ist eigentlich das Schlimme daran, dass genau solche Sachen von Außenstehenden nicht zu erkennen sind und daher nicht ernst genommen werden, was uns dabei aber noch mehr zu schaffen macht. Da muss man versuchen drüberzustehen." Er fuhr fort: "Wer es verstehen möchte, der wird einen Weg finden und wer lieber hinter vorgehaltener Hand redet, der wird es auch tun, wenn du ihm entgegenkommst." Der Vater überlegte kurz, sah Tom an und fragte: "Aber was können wir für Sina tun?" fragte der Vater und sein Blick drückte bei der Frage all sein Leid aus. Zusehen zu müssen, wie es seiner Tochter schlecht geht und er so hilflos danebensteht und nichts tun konnte, machte es ihm schwer. Aber Tom erkannte das und sagte "Einfach da sein! Zuhören, ernst nehmen und helfen, wenn Hilfe benötigt wird, nicht wenn du die Hilfe für nötig erachtest. Du verstehst?" Sinas Vater nickte stumm, verstand, was er meinte und bedankte sich bei Tom. In der Zwischenzeit hatte Sina mit ihrer Mutter ein schönes ablenkendes Gespräch unter Frauen. Sie war auch wieder etwas fröhlicher gestimmt und da es Sina soweit gut ging, beschlossen sie etwas an die frische Luft zu gehen. Tom ließ Sina dabei keine Minute aus den Augen. Er war so führsorglich und lieb, dass es Sina allein deshalb schon besserging. Sie genoss es sehr und nahm Tom an der Hand. Er lächelte stolz und so gingen sie eine gute Stunde spazieren. Die Luft tat den beiden gut, mit der rechten Hand in der Jackentasche, fiel Sina ihr Taubheitsgefühl kaum auf und sie genossen den Spaziergang. Nach einer Weile aber, musste Sina zurück, weil ihr die Kraft schwand und sie müde wurde. "Das ist wohl diese von dir geschilderte Erschöpfung?" fragte sie Tom und er nickte. "Du wirst immer wieder mal Müde sein und das Verlangen haben dich hinzulegen. Das ist normal!" Sina überlegte zurück, denn solche Momente hatte sie auch früher schon ein paar Mal. Damals schob sie es einfach auf Stress oder zu viel Aktivitäten, legte sich dann zwischendurch mal hin und es ging dann wieder. Niemals hätte sie dabei an eine solche Erkrankung gedacht. "Seltsam, wie das Leben so spielt." murmelte Sina in Gedanken versunken und ihr kam dabei der Gedanke, dass sie tatsächlich auch früher schon öfter so Dinge wie ein Kribbeln in den Armen und Beinen spürte. Auch Situationen, wo etwas Heißes nicht direkt als heiß empfunden wurde, oder sie auch mal mit Schwindel zu tun hatte. Zwei Tage später, Sinas Eltern waren längst wieder abgereist, musste Sina erneut zum Arzt. Die Ergebnisse der Blut- und Liquortests waren da.

Tom nahm sich frei und ging mit Sina zum Arzt. Wie immer war das Wartezimmer voll und Sina sagte zu Tom "Wundere dich nicht, es sieht nach einer langen Wartezeit aus, aber es geht relativ schnell." Da musste Tom grinsen, was Sina merkte und fragte, wieso er denn nun grinste. In dem Moment kam gerade der Arzt aus seinem Zimmer, sah Tom und fragte verdutzt "Wir haben heute einen Termin??"

Sina hielt sich die Hand vor Augen und sagte "Du Scherzkeks, wieso sagst du denn nichts, dass es auch dein Neurologe ist?" Tom grinste, der Arzt auch und er verschwand wieder in seinem Zimmer. Etwa eine halbe Stunde später, wurde Sina dann aufgerufen. Sie nahm Tom mit ins Sprechzimmer rein, weil sie sich lieber an seiner Hand festklammern wollte, während der Arzt die Hiobsbotschaft überbrachte. Der Arzt schob seine Brille hoch, studierte noch kurz die Unterlagen. "Ja… Aha…. Hmm…!" murmelte er in einer Tour bis er dann seinen Kopf hob und Sina mit ernster Miene ansah. "Liebe Frau Baumann – *begann der Arzt* - ich muss ihnen mitteilen, dass sie Multiple Sklerose haben." Sina reagierte relativ emotionslos, wusste sie es ja insgeheim schon, wenn sie auch noch ein wenig hoffte, dass es vielleicht doch nur ein eingeklemmter Nerv war. Doch der Wunsch blieb verwehrt und die Herde im Kopf waren ja auch nicht ohne Grund da. Der Arzt war etwas verwundert, dass Sina so gelassen reagierte, was ihm dann in Anbetracht dessen, dass sie mit Tom hier war und wohl über diese Erkrankung Bescheid wusste, klar wurde. Dennoch bat er Sina, nun nicht schwarz zu sehen, da es gute Behandlungsmöglichkeiten gäbe und man auch so schon sehr viel über die Erkrankung weiß. Er deutete auf Tom und sagte "Mit ihm haben sie einen tollen Begleiter, er kann sie gewiss ebenso positiv stimmen wie er es auch bei sich selbst geschafft hat". Weiter fragte er sie noch, ob die Kortison-Tabletten anschlugen und die Taubheit schon weniger würde, doch Sina verneinte und strich sich dabei über den Arm, welcher sich wie eine weiche, wattige Decke anfühlte, wenn man mit der Hand darüberstrich. "Wir sollten eine Kortison-Therapie machen. Ich würde dreimal ein Gramm vorschlagen, damit wir die Entzündung wegbekommen." riet der Arzt und Sina willigte ein, denn sie kannte das Spektakel ja noch von Tom und so schlimm wird's schon nicht sein. Sie bekam ein Rezept, musste damit runter in die Apotheke um sich das Kortison zu holen. Wieder oben angekommen, mischte die Arzthelferin die erste Flasche an, während Sina im Infusionsraum Platz nahm. Tom wich ihr dabei nicht von der Seite. Die Helferin bereitete alles vor um die Nadel zu setzen, staute Sinas linken Arm, desinfizierte die Stelle, welche die Helferin für gut befand. Mit einem gekonnten, kurzen Ruck saß die Nadel auch schon perfekt, welche kurz noch mit einem Pflaster fixiert wurde. Dann wurde Sina an die kleine Plastikflasche angeschlossen, in der sich das Gemisch aus Kochsalzlösung und Kortison befand. Tom streichelte Sina zur Beruhigung und weil grad kein anderer im Raum war, nutzte Tom die Gelegenheit, Sina zu küssen. Das war es, was Sina gefehlt hat, es wurde ihr mit einem Mal bewusst. All die Jahre über war sie sich nicht sicher, was genau ihr denn fehlt, wieso sie denn nicht zu hundert Prozent glücklich war. Dabei hat sie sich die ganze Zeit nur was vorgemacht, kam nie wirklich über Tom hinweg. Doch jetzt war sie glücklich, auch wenn das Schicksal tatsächlich diese Erkrankung zur Hilfe nehmen musste. Im Bauch flatterten wieder Schmetterlinge und im ganzen Körper fühlte es sich wohlig warm an. Es waren etwa zehn Minuten vergangen, da verzog Sina das Gesicht, streckte angeekelt die Zunge raus und rief: "Bäh…! Was ist das denn für ein widerlicher Geschmack?" sie kniff die Augen zusammen und Tom musste laut lachen. Er versuchte es zu unterdrücken aber es ging nicht gleich. Er japste nach Luft und fragte: "Du hast so einen metallischen Geschmack im Mund?" und Sina nickte entsetzt, da musste Tom schon wieder lachen. "Das kommt vom Kortison, warte, ich habe hier was!" und zog einen Bonbon aus der Tasche. "Lakritze???" reagierte Sina angeekelt, sah Tom mit großen Augen an und sagte: "Ich hasse Lakritze!" Doch Tom ließ nicht locker und stopfte ihr den Bonbon in den Mund. Es dauerte kurz, während Sina den Bonbon lutschte und siehe da, sie blickte wieder etwas entspannter drein.

"Was war das" fragte sie und Tom erklärte ihr, dass das Kortison bei manchen Patienten während der Infusion einen metallischen Geschmack auslösen kann, weil es in relativ kurzer Zeit in großer Menge verabreicht wird. Sina leuchtete das ein und befand, dass ab sofort Lakritz-Bonbons zur Standartausrüstung einer Frauenhandtasche gehören. Tom lachte schon wieder, was Sina daran erinnerte, dass er auch dabei gelacht hat, als es so ekelig war und sagte "Du Schuft! du hast mich ausgelacht!"

und stupfte Tom mit dem Ellenbogen in die Seite. Er guckte wehleidig und sagte: "Aber Schatzi, ich habe Dich doch nur angelacht. Würde dich doch niemals auslachen" und musste sich wegdrehen, weil er wieder blöde grinsen musste. Schon hatte er wieder einen Hieb in der Seite. Die Infusion war durch und die Helferin entfernte die Nadel wieder, klebte ein Pflaster drauf und einen kurzen Moment lang musste Sina noch sitzen bleiben und draufdrücken, dann war das ganze erledigt. Die nächsten beiden Tage musste Sina auch wieder hin, dann waren die Infusionen erledigt. Der Arm wurde nach einigen Tagen merklich besser und zuletzt bitzelten nur noch die Fingerspitzen ein wenig. Kaum war diese Aufregung erledigt, stand noch die Sache mit Matthias im Raum. Sina wirkte nachdenklich, als Tom nach Hause kam. Er legte seine Sachen ab und ging zu ihr. "Was ist los?" fragte er und Sina sprach darüber, dass sie bei all dem Schrecken um die Diagnose und die Behandlung, gar nicht mehr dran gedacht hat, Matthias zurückzurufen. "Ich will da auch gar nicht mehr hin!" sagte Sina und fragte "Was mach ich denn jetzt nur?" Sie sah verzweifelt und nachdenklich aus. Die beiden fuhren nach Hause und Sina ruhte sich etwas aus.

Sie saß auf der Couch mit ihrer Lieblingsdecke, dazu eine Tasse Tee und starrte vor sich hin. Die Erkrankung beschäftigte sie sehr und viele Gedanken gingen ihr dazu durch den Kopf. Erst Tom, jetzt sie?! sie verstand das alles nicht. Zu den Gedanken mischte sich auch Angst. Angst vor dem, was wohl noch kommen möge. Trotzdem sah sie auch etwas Positives, denn ohne diese Erkrankung hätte sie Tom nicht wiedergefunden. Sie ertappte sich dabei, wie sie lächelte und befand das Ganze dann gar nicht mehr so schlimm.

Tom überlegte in der Zwischenzeit wie er das mit Sinas Sachen machen sollte und ihm kam eine Idee. Er rief ein paar Kumpels an, mit denen er gerne mal Billard spielen geht. Er fragte einen nach dem anderen, ob sie den folgenden Samstag Zeit hätten. Alle willigten ein, bis auf einen, der zu einer Hochzeit eingeladen war, aber das genügte schon. Sina bat er, diesem Matthias eine SMS zu schreiben, dass sie nächsten Samstag ihre Sachen holen kommt, was sie auch sofort erledigte. "Aber wie bekommen wir denn alles weg?" fragte Sina und Tom grinste "Ich habe noch meine Umzugskartons im Keller und außerdem ist mein Keller ansonsten noch leer. Eben habe ich meine

Jungs angerufen und vier stehen am Samstag bereit um uns zu helfen. Wir fahren da alle zusammen hin, Jörg bringt seinen Anhänger mit und wir holen deine Sachen ab!" Sina war die Erleichterung förmlich anzusehen, als Tom ihr die schnelle Hilfe verkündete. Sie ging zu ihm, umarmte ihn und gab ihm einen langen Kuss. Dann sah sie ihn mit großen Augen an, grinste und sagte "Nun sind wir wohl chronisch verliebt!" Es dauerte kurz bis der Groschen fiel und beide lachten laut los. "Ja" Tom schnappte nach Luft und sagte weiter: "Da hast du recht! Wir sind tatsächlich chronisch verliebt!" und lachte laut weiter. Man konnte den beiden ansehen, dass sie füreinander bestimmt waren und sie spürten das auch mit jeder Faser ihres Körpers. Einige Tage später, es war der Samstag, an dem Sinas Sachen aus der Wohnung geholt werden sollten. Die Beiden warteten auf Toms Freunde und Sina war die Aufregung anzusehen. Sie wirkte sehr angespannt und Tom rieb ihr, während sie warteten, den Rücken. "Es wird alles gut!" versicherte er ihr. Von Matthias bekam Sina keine Rückmeldung was das Abholen ihrer Sachen betraf. Nach einer Weile bog der Geländewagen mit dem großen Anhänger von Toms Kumpel die Straße ein. In den Anhänger hätte wohl eine komplette Wohnungseinrichtung Platz gefunden. Sina musste schmunzeln und sagte "Ihr geht wohl immer mit einem LKW einen Kasten Limo holen?" Toms Kumpel hörte das und konterte "Nee… ist zu schwer für den Anhänger, ein Sixpack muss genügen!" und grinste. Es waren alle vollzählig und so fuhren sie los. Tom fuhr voraus und der Rest der Truppe hinterher. Etwa eine viertel Stunde dauerte die Fahrt, als sie vor dem Haus zum Stehen kamen. Glücklicherweise war schön viel Platz vor dem Haus, dass der Wagen mit samt Hänger schön hinpasste. Sina und Tom stiegen aus, sie zog den Schlüssel aus der Tasche und öffnete die Haustüre. Das Fahrrad von Matthias stand im Hausflur und sie gingen hoch in den ersten Stock, wo die Wohnung war. Sina sah Tom an, als wollte sie ihn fragen, ob das wirklich in Ordnung für ihn ist. Die Freunde waren gefolgt, während einer am Auto wartete. Sina schloss die Türe auf und ging hinein. Tom und der Rest folgten ihr. Sie stoppten, als sie Sina stehen sahen. Sie war sichtlich verärgert, weil all ihre Sachen, einfach so rücksichtslos in Säcke gestopft wurden. Die Kleidung ebenso wie alle anderen Sachen. Ob Bilder, Bücher, ihre Kosmetik. Egal was auch immer. Gehörte es Sina, wurde es in die Säcke gestopft. Ganz egal, ob was kaputtgehen könnte. Sie war wütend, das spürte Tom schon als er sie am Arm nahm und dieser zitterte. Sie war so heftig angespannt, man hätte sie wegtragen können und nichts hätte sich bewegt. Tom instruierte die Kumpels die still hinter ihnen standen und keinen Mucks von sich gaben. Da stand plötzlich Matthias im Türrahmen, nur in Shorts bekleidet und fragte provokant, bis wann sie denn mit all dem Mist verschwunden wären. Toms Halsschlagader pumpte wie wild. Am liebsten hätte er ihm eine geknallt, aber auf dieses Niveau wollte er sich nicht herablassen, schon allein um Sina zu schonen. Er bemerkte aber, dass noch jemand im Schlafzimmer war und reagierte geistesgegenwärtig. Er nahm einen seiner Freunde zur Seite und bat ihn, mit den ersten Sachen nach unten zu gehen, er soll Sina mitnehmen, welche unten darauf schauen sollte, wo was hinkommt und ob alles ok ist. Tom fragte dann Sina, ob von den Möbeln noch irgendwas von Ihr ist. Sie nannte den Fernseher und ihren PC, welche natürlich nicht abholbereit dastanden. Sina folgte brav dem Kumpel von Tom, während er sich mit einem der anderen an den Abbau der Elektrogeräte machte.

Da stellte sich Matthias dreist vor Tom und wollte die Mitnahme der Geräte verhindern, was erfolglos war, weil Tom ihn einfach zur Seite schob. Der Kumpel drohte schon mit Konsequenzen, wenn er sich nicht zurückhielt und so konnte Tom die Sachen abbauen und raustragen. Tom bedankte sich bei seinem Freund für die Schützenhilfe und in den nächsten Minuten waren die restlichen Sachen im Hänger verstaut. Sina nahm noch den Ring aus der Tasche, den sie schon vor Tagen abnahm und warf ihn zusammen mit dem Schlüssel in den Briefkasten. Der Vermieter, welcher das alles mitbekam, wurde auch noch von Sina verständigt, dass sie auszieht und dieser versicherte Sina, dass er sie aus dem Mietvertrag rausnimmt und wünschte ihr alles Gute.

Auf dem Weg nach Hause war Sina ganz still. Für Toms Geschmack etwas zu still und er fragte sie, was sie beschäftigt. Sina guckte noch immer nach draußen auf die Straße und zuckte nur mit den Schultern. Einen Moment später sagte sie "Es war eine andere Frau da, stimmts? Deshalb hast du mich mit runter geschickt!" Tom überlegte erst, der Situation irgendwie zu entkommen, dem Thema auszuweichen, aber er hielt es dann doch für angebrachter, ihr die Wahrheit zu sagen. "Ja, im Schlafzimmer war noch jemand. Ich konnte nichts sehen, habe nur was rascheln hören." Sina schwieg weiter und sie fuhren den restlichen Weg nach Hause. Dort angekommen, haben noch einmal alle zusammengeholfen und die Sachen erstmal nach oben in Toms Wohnung gebracht. Dort wollte Sina aussortieren und sehen, was im Keller seinen Platz findet. Sie wollte direkt loslegen, nachdem sie sich bei den Helfern für ihre Zeit bedankt hatte, doch Tom bremste Sina. Er spürte, wie aufgewühlt sie war und das ist alles andere als gut für sie. So nahm er sie in den Arm und streichelte ihr über den Rücken, während Sina einfach nur still bei ihm stand und von Mal zu Mal ruhiger atmete. "Du musst langsam machen Sina!" sagte Tom und sagte weiter: "Wir dürfen uns nicht mehr so in Stress versetzten lassen, weil das nicht gut für uns ist." Sina rollte mit ihren großen grünen Kulleraugen, stimmte dann aber zu und so beschloss Tom, seine geliebte Sina zum Essen auszuführen. Jetzt bist du zu Hause! Jetzt werde ich für dich sorgen und es soll dir an nichts mehr mangeln!" sagte er und leistete ihr damit einen Liebesschwur, der Sina zu Tränen rührte. "Ja…. weil wir chronisch verliebt sind!" flüsterte Sina und Tom musste wieder schmunzeln. Einige Wochen vergingen und Sina fühlte sich so wohl, wie schon lange nicht mehr. Ihre Sachen hatte sie längst sortiert, sich bei Tom etwas eingerichtet und manches Teil dekorierte bereits die Wohnung. Tom gefiel das, da endlich Leben in der Wohnung war und weil es sich dabei um seine Sina handelte. Aber es wurde eng in der Wohnung und da er sich für Sina einen Rückzugspunkt wünschte, wo sie ihre Architektur-Modelle bauen und tüfteln konnte, musste eine größere Wohnung her. Aber welche Größe wäre sinnvoll und was gilt es noch alles zu bedenken? Schließlich möchte man nicht bei jedem unbedachten Problem direkt wieder umziehen. Er beschloss das Thema mit Sina zu besprechen, wenn sie wieder vom Büro zuhause ist und bereitete etwas zum Abendessen vor. Die Woche war fast vorbei und somit auch sein Urlaub, doch er hoffte schon bald auf ein paar gemeinsame Tage Urlaub, wo er mit Sina wegfahren wollte. Während er so im Geiste verschiedene Urlaubsrouten mit einem Cabrio abfuhr, träumte er wie Sina mit flatterndem Haar neben ihm saß und die Fahrt genoss. Er wurde aber aus seinen Träumen gerissen, als die Türe ging und Sina nach Hause kam. Sie legte ihre Sachen ab, stellte eine Röhre zur Seite, welche einen Plan beinhaltete, ging zu ihrem Chefkoch, küsste ihn auf die Wange und überreichte ihm ein kleines Geschenk. Wie vom Blitz getroffen sah er Sina an und begriff nicht, was los ist. Ging systematisch alle wichtigen Tage und jedes Datum durch, ob er was verpasst hätte, doch Sina lächelte und sagte "Es ist nur eine Aufmerksamkeit du Dummerchen! Nun mach schon auf!" Tom zog vorsichtig am Band und löste die kleine weiße Schleife, da er dieses schöne Bordeauxrote Papier nicht beschädigen wollte. Sina war sichtlich ungeduldig, aber Tom ließ sich nicht beirren. Vorsichtig faltete er das Papier auseinander und zum Vorschein kam eine kleine Schachtel. Als er sie öffnete, waren zwei kleine Kettenanhänger darin, welche übereinander gehalten ein massives silbernes Herz ergaben. Auf den Rückseiten stand jeweils der Name und sie muteten sehr edel an.

Tom freute sich sehr darüber und wollte sie auch direkt an die Ketten machen. Seinen alten Anhänger tauschte er sofort gegen das Teilstück mit Sinas Namen und danach nahm er Sinas Kette ab um hier das andere Teilstück dran zu machen. "Du hast so herrliche Ideen - schwärmte er - und deshalb lieb ich dich auch so sehr!" Tom richtete schnell die Teller her und brachte sie an den schön gedeckten Tisch. Schenkte Sina etwas Rotwein ein setzte sich ihr gegenüber an den Tisch. Er sah Sina an und sie merkte, dass er etwas auf dem Herzen hat. "Wieso guckst du so ernst?" Tom erwiderte "Oh, ich gucke nicht ernst, ich gucke nachdenklich!" und er fuhr fort "Ich habe mir ein paar Gedanken gemacht, bezüglich unserer Wohnsituation. Ich finde wir sollten uns vergrößern!" Sina sah sich um und meinte "Gefällt dir die Deko nicht, oder habe ich zu viel Zeugs mitgebracht? Ich kann das auch wieder wegnehmen!" Tom schüttelte den Kopf und erklärte: "Es geht darum, dass du einen Bereich bekommst, wo du deine Architektur ausleben kannst, auch mal etwas stehen lassen kannst und so viel Platz hast, wie du eben benötigst. So wie ein kleines Atelier!" Sina staunte nicht schlecht und war ganz baff, worüber Tom sich Gedanken machte. Sie lächelte entzückt und konnte seine Ausführungen nachvollziehen. Dann fuhr er fort: "Du weißt auch, dass wie beide krank sind, auch wenn man das nicht immer merken und auch oft ignorieren mag. Aber wir sollten uns deshalb etwas suchen, was auf längere Sicht sinnvoll erscheint." Sina dachte kurz nach und sagte: "Ich verstehe schon, etwas Behindertengerechtes, mit großzügigem Schnitt und entsprechenden sanitären Räumlichkeiten." Tom stimmte zu, denn genau sowas dachte er sich und fand prima, dass Sina darauf einstieg. Aber woher solch eine Wohnung nehmen? Solche Wohnungen sind eher selten zu bekommen, aber Tom dachte viel weiter. "Wieso eine Wohnung und wieso mieten?" fragte er Sina. Sie stutzte und sagte dann "Ein Haus kaufen? Daran habe ich jetzt gar nicht gedacht und das ist teuer!" Doch Tom fand diese Idee so gut, dass er sich im Geiste schon das perfekte Haus für die beiden ausdachte. In Gedanken versunken träumte er, wie er gerade das Haus betritt, durch den hellen Flur in das großzügig geschnittene Wohnzimmer ging, um von dort aus auf die imposante Naturstein-Terrasse zu gelangen, wovon man einen tollen Blick auf den Garten hatte. Er träumte von Palmen, welche die Terrasse einsäumten, einer Sitzecke, die zum gemütlichen Verweilen einlud. Im Obergeschoss des Hauses befand sich das geräumige Schlafzimmer mit Balkon, ein luxuriöses Badezimmer, was keine Wünsche offenließ und Sinas Reich, ein Atelier, worin sich sie sich frei entfalten konnte. Ein schöner Traum war es, aus dem er von Sina geweckt wurde.

"Hallo? Erde an Tom, ich rede mit dir!" Und Tom guckte etwas verwirrt. "Ja? Du hast recht!" sagte er und Sina musste schmunzeln "Das weiß ich, das war aber gerade nicht das Thema! Ich fragte Dich, wie genau du dir was Größeres vorstellst?" Tom aber lächelte und schwieg, denn er hatte da schon eine Idee. Am nächsten Tag, als Sina zur Arbeit fuhr, hängte sich Tom ans Telefon. Er hatte vor kurzem ein Haus gesehen, welches zum Verkauf stand. Im Großen und Ganzen schien es etwa dem zu entsprechen, was er sich erträumte und um sicher zu gehen, ob es sich lohnen würde, wollte er einen Besichtigungstermin vereinbaren. Er hatte Glück, da er direkt für den nächsten Tag, nachmittags einen Termin bekam.

Sina schrieb er, dass sie am nächsten Tag gemeinsam einen Termin hätten und sie sich den Nachmittag freihalten solle. Er rieb sich die Hände bei dem Gedanken, wie es wohl werden würde und vor allem, was Sina davon halten wird. Als Sina heimkam, war sie von Toms Engagement ganz angetan und freute sich auf den Termin. Er erzählte ihr von dem Haus und dass es in etwa dem entspricht, was er sich so erträumt hat. Er freute sich drauf, mit ihr zur Besichtigung zu fahren und ihr dabei seine

Visionen zu erzählen, damit auch sie sich im Geiste vorstellen könnte, wie das Haus aussehen könnte. Die Freude war groß und der nächste Tag brach an. Sina hatte nur Homeoffice und so konnten sie pünktlich zum Termin erscheinen. Mit Neugier und Vorfreude im Gepäck ging es zur Besichtigung und der Eingangsbereich des Hauses entsprach schon fast dem, was sich Tom vorgestellt hatte. Alles war sehr hell und Lichtdurchflutet, die Räume großzügig geschnitten und auch die Küche war ein Traum. Vom Wohnzimmer aus konnte man tatsächlich direkt auf eine Terrasse gehen, wenngleich diese noch nicht mal ansatzweise dem Traum von Tom entsprach.

Er erzählte ihr während der Besichtigung von seinen Eingebungen und Sina konnte sich tatsächlich lebhaft vorstellen, wie es aussehen könnte. Sie war begeistert, brachte aber noch ein paar Einwände, da noch einiges gemacht werden müsste. "Die Türen müssen in der Breite angepasst werden, falls doch mal wieder ein Rollstuhl zum Einsatz kommen muss. Die Toilette muss behindertengerecht umgestaltet werden und die Terrasse ebenfalls. Neben den Treppen müssen auch Rampen installiert werden und allgemein müsste modernisiert werden, denn das Haus ist aus den siebziger Jahren!" Tom war geplättet, wie Sina direkt drauf einstieg und was sie alles berücksichtigte, woran Tom gar nicht mal dachte und eine Bestandsaufnahme machte, sowie erste Maßnahmen erläuterte. Man merkt, dass sie vom Fach ist und so fragte Tom seine Sina, wie sie das Haus denn findet. "Nun der Preis ist absolut ok, die Maßnahmen wären umsetzbar und mir geht es wie dir, ich finde den Schnitt des Hauses phantastisch!" - "Heißt das, wir machen das? Wir nehmen das Haus?" fragte Tom und Sina lächelte "Ja gerne, wenn ich freie Hand bei der Umgestaltung habe?" – "Nichts anderes habe ich erwartet!" sagte Tom und lächelt. Es dauerte noch eine Weile, weil die beiden noch das Wichtigste, die Finanzierung, zu klären hatten. Auch diese Hürde nahmen sie und waren dem Traum von Haus ein großes Stück näher. Der Kaufvertrag und das Notarielle waren nur noch Formalität und so konnte es bald losgehen, die ersten Pläne umzusetzen. Sina war in ihrem Element und Tom konnte sich entspannt zurücklehnen und zusehen, was Sina plante.

Ein erneutes Problem

Einige Wochen waren bereits vergangen und der Umbau etwa zur Hälfte abgeschlossen, als Tom bei Sina anrief. Er klang hektisch und Sina fragte nach, was denn los wäre. Da berichtete Tom, dass heftiger Schwindel eingesetzt hat, er keinen geraden Weg laufen konnte, ohne sich festzuhalten und er von der Arbeit geholt und zum Arzt gefahren werden müsste. Sina klärte das kurz mit den Arbeitern ab, gab dem Vorarbeiter noch einige Instruktionen und fuhr los, um Tom zu holen. Dort angekommen, wurde Tom schon von Kollegen nach Draußen begleitet und sie setzten ihn vorsichtig ins Auto. Sichtlich erschöpft, war er froh, zu sitzen und Sina sah ihn besorgt an. "Es ist nicht so schlimm, sagte Tom, das wird wieder. Ich habe wohl mal wieder einen Schub." Also fuhr Sina los, um Tom zum Neurologen zu bringen. Dort angekommen, wurde Tom als Notfall direkt dazwischengeschoben. Der Arzt vermutete ebenfalls einen Schub, weshalb er eine Überweisung zum MRT schrieb, um das ganze abzubilden und verschrieb Tom nach ausführlichen Tests einen Kortison-Stoß. Er war kraftlos und fühlte sich, seinen Angaben nach, wie Pudding an.

Er schwankte und musste von Sina gestützt werden, damit er nicht fiel. Die Helferin schloss, nachdem Sina noch schnell das Kortison in der Apotheke besorgt hatte, Tom an die Infusion an und die beiden warteten, bis diese durchgelaufen war. Tom war still und sah genervt aus dem Fenster. "Jetzt war so lange Ruhe und man hatte schon fast das Gefühl, die MS wäre zum Stillstand gekommen und dann wird man so brutal vom Gegenteil überzeugt. Das ist nicht schön! Ich dachte wir haben Ruhe und ein normales Leben, wie andere auch!" sagte Tom enttäuscht, doch Sina streichelte ihn und befand, dass Normal ja irgendwie langweilig sei, was Tom dann doch wieder zum etwas zum Schmunzeln brachte. "Wir lassen nun deine Infusion durchlaufen, dann fahren wir nach Hause und wenn es dir in den nächsten Tagen bessergeht, zeige ich dir, wie weit das Haus schon ist. Du wirst Augen machen!" ermunterte ihn Sina. So sollte es sein und nach ein paar Tagen, ging es Tom tatsächlich besser. Das MRT wurde auch gemacht und es konnten tatsächlich zwei neue Läsionen im Kopf gefunden werden. Sina und Tom besorgte der Befund, weil Tom nun wirklich ein gutes Medikament bekam. Es bestätigte sich nur einmal mehr, dass diese Medizin den

Verlauf nur mildern, aber keine Schübe verhindern kann. So hart diese Erfahrungen auch immer sein mögen, sie regen zum Nachdenken an und man ist stets damit beschäftigt, sich neu auszurichten um die neue Situation in den Alltag einzubauen. Den beiden gelang das bislang erfolgreich und Tage später war Tom schon wieder etwas besser zu Fuß. Er nahm seinen Stock und die beiden besuchten ihr neues Zuhause. Tom war begeistert! "Es ist bald nicht wieder zu erkennen!" sagte er und guckte mit großen Augen. Wände wurden entfernt, die Toilette im Parterre dadurch vergrößert. Neue Türen wurden eingebaut, die breiter waren. Im Wohnzimmer wurde ein schöner Ofen installiert, der an Wintertagen eine schöne warme Umgebung zauberte. Die Küche durfte bleiben und Sina plante für solche Situationen wie sie aktuell der Fall waren, einen Treppenlift, damit man etwas einfacher in die obere Etage gelangen konnte. Tom war davon überwältigt. Er konnte es nicht in Worte fassen, was er sah und stand einfach nur still da. Man sah, dass er mit den Tränen rang, weil Sina das Haus noch viel besser machte, als er sich das in seinen Träumen hätte vorstellen können. Nachdem er sich das obere Stockwerk ansah und auch das neue Bad schon etwas erahnen konnte, weil dies gerade in Arbeit war, begleitete ihn Sina nach unten, um mit ihm auf die Terrasse zu gehen. Er traute seinen Augen nicht! Die Terrasse war perfekt! Genauso, wie er sich das vorgestellt hatte. Mit schönen Platten aus Naturstein, wie ein Mosaik zusammengesetzt, sah der Boden traumhaft schön aus. Zum Garten ging es eine kleine Rampe hinunter, welche links und rechts von einem Steingarten und Bodenpflanzen eingesäumt war. Es fehlten nur noch die Sitzgarnitur und die Palmen und es war perfekt!

Sina ist eine wahre Meisterin ihres Fachs, was sie mit der Gestaltung des Hauses eindrucksvoll unter Beweis stellte. Tom konnte es kaum mehr abwarten, in das Haus einzuziehen und mochte seine Sina gar nicht mehr loslassen, so sehr wollte er sie umarmen. Mit diesen ganzen Eindrücken im Gepäck, fuhren Tom und Sina in die Wohnung um etwas auszuruhen. Er war sehr müde geworden und musste sich hinlegen, während sich Sina noch etwas mit der Inneneinrichtung des neuen Heims beschäftigte und nebenbei Emails abrief, die sie aus der Arbeit empfing. Nach einer Stunde etwa, war auch dies erledigt und Sina sah nach Tom, der friedlich schlief. Sie setzte sich ins

Wohnzimmer und dachte nochmal über die letzten Monate nach, welche doch recht turbulent verliefen. In eine Decke gehüllt saß sie mit angezogenen Beinen auf der Couch und ließ die schönen Momente nochmal in ihren Gedanken geschehen. Auch die weniger schönen Momente kamen ihr nochmal in den Sinn, welche aber nicht mehr weh taten und letztlich im Guten endeten. Wie glücklich war sie, ihren Tom wieder zu haben. Selbst die MS konnte daran nichts ändern.

Es geht immer irgendwie weiter und wenn sie eins gelernt hatte, dann, dass weglaufen nichts bringt. Man muss sich seinen Problemen stellen, muss Mittel und Wege finden, um damit klar zu kommen. Das Leben ist einfach zu schön, um es mit Trauer und Selbstmitleid zu verschwenden! Nach vorne blicken, Stärken finden und sie fördern, eine positive Denkweise hilft dabei ungemein! Hatte sie das nicht selbst erst in den letzten Monaten von Tom gelernt? Was wäre geworden, hätten sie und Tom nicht wieder zueinander gefunden? Diese Vorstellung gefällt Sina nicht und verdrängt diese Gedanken. Sie freut sich lieber darüber, dass sie ihn wieder für sich hat. Es dauerte noch ein paar Wochen und das Haus war bezugsfähig. Freude und Aufregung stand den beiden ins Gesicht geschrieben und ein Umzugsunternehmen war engagiert, welches auch bald eintreffen sollte. Tagelang hatten die Beiden alles eingepackt und gut in Kartons verstaut, damit nichts zu Bruch gehen konnte. Haben alles eifrig beschriftet, damit es im neuen Heim gleich in den entsprechenden Raum gebracht wird. Nichts wurde dem Zufall überlassen, darauf achtete Sina schon sehr genau. Ihrem prüfenden Blick entging tatsächlich nichts. Es läutete an der Tür und Tom öffnete. Das Umzugsunternehmen war da und es ging direkt los. Vier Männer, wie Schränke anmutend, denen man ansehen konnte, dass sie das nicht zum ersten Mal machen, betraten die Wohnung und Tom unterwies die Männer, welches Zimmer zuerst ausgeräumt wurde und kümmerte sich um die weitere Reihenfolge. Sina erstellte schon vorab einen Plan, wie das Auto zu packen ist, damit im neuen Heim die Möbel und Kartons in richtiger Reihenfolge ins Haus gebracht werden konnten. Das sollte garantieren, dass nichts im Weg stand und der Umzug so Stress- und Komplikationslos wie möglich über die Bühne ging. Erste Erfolge zeigten sich alleine darin, wie schnell die alte Wohnung leer und besenrein war.

Beide standen noch kurz in der Wohnung und dachten an die kurze gemeinsame Zeit darin und hielten sich dabei im Arm. Sie sahen sich zufrieden an, gingen aus der Wohnung und zogen die Tür ins Schloss. Es war eine schöne Zeit, für die Sina sehr dankbar war, weshalb sie noch einmal sehr wehmütig nach oben blickte, bevor sie ins Auto stiegen und losfuhren. Im neuen Haus angekommen, ging der Umzug in die heiße Phase. Alles sollte ins Haus und die Möbel direkt an die vorgesehenen Plätze. Damit ein ständiges Möbelrücken ausblieb. Tom sah Sina die Anspannung an und mahnte sie stets zu Achtsamkeit. "Es läuft doch alles wie geplant, kein Grund zur Panik." Sagte Tom zu ihr und Sina nickte. Trotzdem konnte sie nicht einen Handgriff der Jungs unbeobachtet lassen. Nach einer Weile waren die Möbelpacker mit ihrer Arbeit fertig und räumten Decken und Bänder in den LKW. Tom gab ihnen noch ein Trinkgeld für ihre tolle Arbeit gab und bedankte sich bei ihnen. Sie fuhren ab und es kehrte etwas Ruhe ein. Tom sah sich um, wo Sina gerade steckte, ging die Räume ab und fand sie kraftlos und erschöpft im Wohnzimmer auf der Couch liegend. Es war doch viel zu viel für sie und nachdem die Anspannung weg war, ging es ihr schlagartig schlecht.

Tom deckte sie mit einer Decke, die er schnell aus einem der Kartons fischte, zu. Sie schlief schnell ein und brauchte eine Weile um sich auszuruhen. Während dessen ging Tom durch das Haus und bestaunte Sinas Werk. Die Wahl der Farben, wie gut sie die Umbaumaßnahmen geplant hat. Alles sieht so aus, als wäre es schon immer so gewesen. Die Terrasse ist dabei aber das Sahnehäubchen und sogar noch besser als in Toms Vorstellungen. Er setzte sich raus und genoss die Stille. Kein Verkehrslärm, eine gute Luft und viel Ruhe, also genau das, was den beiden so guttut! Es verging dabei etwas Zeit und Tom überlegte, was es zum Abendessen geben soll. Die Küche gab noch nichts her und so sollte es ein Lieferdienst sein. Völlig egal, Hauptsache etwas zu essen. Er bestellte Pizza, welche etwas dauerte bis sie geliefert wurde. In der Zwischenzeit konnte er sich um Sina kümmern, welche so langsam aus ihrem Schlaf erwachte. Wie süß sie aussah, er konnte sich nicht an ihr satt sehen und streichelte ihr zart über die Wange. Sie öffnete die Augen, sah Tom und lächelte. Es ging ihr schon wieder etwas besser. Etwas später klingelte es an der Türe und der Pizzalieferant war da. Gerade rechtzeitig, denn auch Sina plagte der Hunger. Auf der Terrasse hatte Tom den

Tisch schön gedeckt und eine Flasche Rotwein geöffnet. Sie genossen ihre erste Pizza im neuen Heim, welche dadurch nur noch besser schmeckte. "Jetzt ist fast alles perfekt" sagte Tom und Sina sah ihn fragend an. "Was ist denn noch nicht perfekt?" fragte Sina und ihr Blick streifte durch den Garten. Tom sah ebenfalls in den Garten, deutete auf eine Stelle zwischen ein paar Bäumen. Sina sah hin und fragte, was denn da sein soll. "Siehst du es nicht?" fragt Tom und Sina schüttelte den Kopf. "Da muss eine Schaukel stehen und rechts daneben ein Sandkasten mit Sandspiel-sachen!" Es dauerte etwas, in Sinas Kopf ar-beitete es, als sie Tom mit großen Augen an-sah. "Meinst du das ernst?" du möchtest ein Kind mit mir?" und Tom antwortete "Ja, min-destens zwei! Oder nicht?" und lächelte dabei. Sina fand den Gedanken wundervoll und sah glücklich und verträumt drein, denn jetzt konnte sie die Schaukel auch sehen! Einige Tage später, es war Wochenende, luden Tom und Sina zur Einweihungsfeier ins Haus ein. Familie, Freunde und Bekannte kamen herbei um sich das neue Heim anzusehen und um mit den beiden auf eine glückliche Zukunft anzu-stoßen. Als alle beisammensaßen, bat Tom kurz um Ruhe und bedankte sich bei den

Gästen für das zahlreiche Erscheinen. Er erzählte etwas über die letzten Monate, die Idee und Entstehung des neuen Heims, welches aus Sinas Feder stammte. Er bedankte sich bei Ihr dafür, dass sie es so wunderbar umgesetzt hat und dabei wurde Sina doch etwas verlegen. Aber er hatte recht, denn es wurde ihre ureigene Oase des Glücks! Tom hatte einen Plan ausgeheckt, von dem eigentlich niemand wusste, außer einem, Sinas Vater. Tom stand auf, ging um den Tisch und bat seine Sina aufzustehen. Sichtlich irritiert folgte sie dem Wunsch von ihm und stand auf. Die Gäste wurden plötzlich still und lauschten gespannt dem, was nun folgen sollte. Er nahm sie an der Hand und ging mit ihr in die Mitte der Gäste, welche einen Kreis bildeten. Er sah ihr tief in die Augen, nahm ihre Hand und kniete sich plötzlich vor ihr hin. Sina bekam weiche Knie, zitterte am ganzen Körper vor Aufregung und hielt sich die Hand vor den Mund. Ihr Herz klopfte wie wild und sie hielt für einen Moment den Atem an. Die Freunde und Familie um sie herum waren ganz gespannt, als Tom zu seiner Sina aufblickte, ihre Hand nahm und sprach: "Sina, meine liebe Sina. So lange kennen wir uns schon und das Schicksal hat uns nach der schmerzhaften Trennung damals, erneut zusammengeführt. Ich liebe dich wie am ersten Tag und möchte den Rest meines Lebens mit dir verbringen, dich lieben, ehren und mit dir alt werden. Daher frag ich dich liebe Sina, möchtest du meine Frau werden?" Es war Stille im Raum und man hätte gewiss eine Stecknadel fallen hören. Sina sah Tom mit glasigen Augen an und auf eine Antwort musste man nicht lange warten. Aus Sina platzte es heraus: "Ja, ich möchte deine Frau werden!" sie wischte sich die Tränen der Freude aus dem Gesicht. Applaus und Jubelrufe kamen von den Gästen und Sina konnte es kaum fassen, dass ihr geliebter Tom ihr gerade einen Antrag gemacht hat.

Dass sie das nicht träumte, merkte sie, als Tom ihr einen wunderschönen Ring an den Finger steckte. Sie war so gerührt, dass sie weinte. Tom hielt sie ganz fest und gab ihr einen Kuss. Eben erst sind wir in dieses Haus, unser neues Heim gezogen, dachte Sina, dann erzählte ihr Tom von seinem Kinderwunsch und nun dieser wundervolle Antrag. Es war der glücklichste Tag in Sinas Leben, aber auch für Tom war er das. Man muss festhalten was einem wichtig ist und Toms Vater sagte immer, dass man Nägel mit Köpfen machen muss.

So machte er es schließlich auch, als er ein paar Tage zuvor zu Sinas Vater fuhr. Tom tarnte das als geschäftliche Fahrt und Sina bemerkte von all dem nichts. Dort angekommen, traf er sich mit Sinas Vater in einem Café, wo er ihn schließlich um seine Erlaubnis bat, Sina heiraten zu dürfen. Der Vater war baff, denn mit solch einer Geste, hat er nicht gerechnet, doch Tom war dies wichtig. Natürlich willigte Sinas Vater ein. "Einen besseren Schwiegersohn gäbe es nicht!" sagte er und Tom war glücklich darüber, worauf er ihm versprach, immer gut auf seine Tochter aufzupassen. Der Vater wusste, dass er sich auf Tom verlassen konnte. Nach dem Antrag klärte Tom alle anderen über seinen Plan den Vater um Erlaubnis zu fragen auf, was bei den Anwesenden für Staunen sorgte. Seine Sina war überglücklich und stolz auf ihren Tom. Die beiden waren füreinander geschaffen, daran zweifelte keiner. Die Hochzeit sollte schon ein halbes Jahr später stattfinden, was die beiden dazu antrieb, die Planungen dafür aufzunehmen. Was da alles dazugehörte, wieviel Zeit das in Anspruch nahm, wurde ihnen schnell bewusst, aber die beiden hatten Spaß daran. Einladungs- und Tischkarten mussten ausgesucht werden, der Blumenschmuck für Saal, Auto und

Standesamt musste organisiert werden, nicht zu vergessen, der Brautstrauß. Um das Auto allerdings, wollte Tom sich ganz allein kümmern und ernannte das Vorhaben kurzerhand zur "Chefsache". Sina war das nur recht, so konnte sie sich um die Location und um das Brautkleid kümmern, wozu sie ihre beste Freundin und Trauzeugin mitnahm. Die Sache mit dem Kleid entpuppte sich als wahrer Marathon, was zum einen nicht an einem Tag von statten ging und zum anderen immerzu Pausen forderte, weil Sina diese dringend brauchte. Aber auch diese Hürde sollte genommen werden.

Tom hatte es dabei schon einfacher. Der Anzug war relativ schnell ausgesucht, da sein Kumpel für so etwas ein gutes Auge hatte. Der Schneider nahm noch Korrekturen am Sitz des Anzugs vor, welche danach bearbeitet wurden, damit der Anzug auch gut sitzt und Tom darin eine gute Figur macht. Schließlich möchte er Sina darin gefallen. Das Auto hingegen sollte eine Herausforderung werden, da es sich bei dem Wunschobjekt von Tom um ein altes Ford Mustang Cabrio handelte, welches Sina so liebte. So suchte und telefonierte er einige Zeit und oftmals erfolglos, bis er tatsächlich auf einen Besitzer stieß, welcher ihm von einem Oldtimer-Club empfohlen wurde. Der Mann erklärte sich bereit, mit seinem feuerroten Mustang Cabrio, Baujahr 1973 Sina zum Standesamt zu bringen und die beiden nach der Trauung vom Standesamt zum Saal zu fahren, in welchem anschließend die Feier stattfand. Tom freute das, denn er hätte die Idee schon fast aufgegeben, aber Sina soll in ihrem Traumwagen heiraten und so ging der Plan doch noch auf. Die Zeit lief allmählich davon und der Termin der Hochzeit rückte immer näher. Bei dem Gedanken daran bekam Sina schwitzige Hände. Tom telefonierte ein paar Tage zuvor noch einmal mit dem Besitzer des Mustangs und besprach mit ihm den Ablauf und Sina machte in der Zeit noch einen Termin mir einer Freundin aus, welche ihr als gelernte Frisörin am Morgen der Trauung die ersehnte Hochsteckfrisur machte. Es war alles perfekt und bis ins kleinste Detail geplant. Am Abend vor der Trauung klingelte es an der Türe, draußen standen einige Freunde von Tom und auch Sinas Mädels, welche sich absprachen, die beiden zu entführen, denn der Junggesellenabschied sollte nicht fehlen und so hatten die beiden keine Wahl, gaben sich einen Kuss und dann zogen sie jeweils los.

"Wohin fahren wir?“ fragte Sina ihre Freundinnen, doch die drei kicherten nur und wollten nichts verraten. Kurz bevor sie ankamen, bekam Sina eine Augenbinde, damit sie nichts sehen konnte. Sie stiegen aus dem Auto aus und führten Sina in ein Gebäude. Musik war zu hören und es schien eine lockere Stimmung zu sein. Sina wurde etwas nervös, folgte aber brav den Anweisungen ihrer Freundinnen. Die drei kicherten und man könnte meinen, sie hecken einen gemeinen Plan aus. Sina war sich irgendwie gar nicht mehr so sicher, ob das so eine gute Idee war, als sie plötzlich auf einen Stuhl gesetzt wurde. Langsame Musik spielte, es roch nach einem Herrenduft, welcher scheinbar die ganze Umgebung eingenommen hat und Sina ahnte was kommen musste. Plötzlich griffen zwei starke Hände nach Sinas Armen und legten ihre Hände auf sehr muskulöse Schultern. Noch bevor sie auch nur ansatzweise darüber nachdenken konnte, was gerade geschieht, nahm ihr eine der Freundinnen unter frechem Gekicher die Augenbinde ab und Sina hatte kurz Mühe, ihre Augen ans Licht zu gewöhnen. Vor ihr stand ein braungebrannter, durchtrainierter Blondschopf im Stringtanga, welcher ihr eine erotische Show darbieten sollte. Am liebsten wäre Sina unsichtbar geworden, aber andererseits ließ sie sich das auch gerne gefallen. Und so entschloss sie, diesen Moment einfach zu genießen und machte den Spaß mit. Zu guter Letzt, musste Sina ein Laken mit beiden Händen halten, welches um den Stripper herumgeführt war, damit er ihr zum Höhepunkt der Show noch eine hüllenlose Vorstellung nur für sie zeigen konnte. Am liebsten hätte sie die Hände vor die Augen gehalten, aber sie durfte ja das Tuch nicht fallen lassen. Während Sina Spaß bei nackter eingeölter Haut hatte, ging es bei Tom etwas beschaulicher zu. Erst gingen die Jungs mit Tom essen und genossen die ersten Stunden in einem gemütlichen Biergarten, wo ausgiebig gegessen und dabei das eine oder andere Bier getrunken wurde. Danach Stand Go-Kart-Fahren auf dem Programm. Tom freute sich riesig als er den GoKart-Center sah, denn auch die Jungs verrieten vorab nicht, wohin es gehen sollte, verzichteten aber auch eine alberne Augenbinde. Als sie in die Overalls geschlüpft waren und nachdem sie erste Instruktionen erhalten hatten, konnte es auch schon zu den Fahrzeugen gehen. Für lange Beine sind diese Karts nicht geschaffen, dachte sich Tom, während er sich reinsetzte und dabei das Gefühl hatte, sich auf den Boden zu setzen.

Die Motoren wurden nacheinander gestartet, alle saßen gespannt in ihren Fahrzeugen und warteten auf das grüne Signal, welches dann auch aufleuchtete. Los ging es und alle zogen davon, heiße Kämpfe tobten in den Kurven und Tom hatte Mühe, an seinem Vordermann vorbei zu kommen. Zentimeter um Zentimeter kämpfte er sich pro Runde heran um in einer Linkskurve auf den zweiten Platz zu fahren. Da der erste zu weit weg war, konzentrierte sich Tom darauf, seinen zweiten Rang zu verteidigen, was ihm mit viel Mühe auch gelang. Platz zwei von fünf kann sich sehen lassen! Während seine Freunde noch einen Durchgang fuhren, musste Tom eine Pause machen, denn das Rennen hat ihn sehr gefordert. Etwas Schwindel kam auf, die Kraft schwand und er war müde.

Er zog es also vor, bei einem kalten Glas Wasser auszuruhen und seinen Kumpels zuzusehen. Als auch der zweite Durchgang beendet, die Medaillen verliehen und der Durst gestillt war, ging es noch zu einer letzten Location, wo die Jungs den Abend bei einer gemütlichen Runde Billard ausklingen ließen. Tom hatte im Vorfeld angekündigt, dass er die Nacht vor der Trauung bei seinem besten Freund verbringen wird und hat auch den Anzug und was er benötigt schon zu ihm gebracht. Es war zwar befremdlich für ihn, von seiner Sina getrennt zu sein, er wollte es aber aushalten um im Standesamt zu warten und seine Sina in Empfang zu nehmen. So nahm er mit seinem Freund noch einen Absacker und ging dann schlafen, damit er für den nächsten Tag ausgeruht ist. Er lag im Bett, ließ nochmal den Abend in Gedanken Revue passieren und träumte im Anschluss davon, wie Sina wohl in ihrem Kleid aussehen wird. Irgendwann schlief er ein. Sina erging es an diesem Abend ähnlich. Nach dem aufregenden Start in der Strip-Bar, sollte es noch zu einem Italiener und danach in eine Disco gehen. Dort aber verließen Sina langsam die Kräfte, was ihre Freundin bemerkte und riet dann dazu, den Abend ausklingen zu lassen.

Sie brachten Sina nach Hause und ihre beste Freundin, welche ihr auch die Haare machen sollte, schlief im Gästezimmer. Auch hier wurde noch etwas getrunken und über den Abend gesprochen. Sina musste kichern, als sie über die Situation mit dem Stripper nachdachte und sie bekam dabei immer noch rote Wangen. Die beiden gingen dann ebenfalls ins

Bett, da sie schon früh raus mussten, um Sina auf ihren großen Tag vorzubereiten. Der neue Tag brach an und Tom kämpfte sich von der Couch hoch, um sich erstmal zu strecken. Der Abend war klasse, forderte aber einiges an Kraft. So wurde erstmal Kaffee gekocht und unter der Dusche der letzte Schlaf vertrieben. Bei zwei, drei Tassen Kaffee, welche wohl auch Tote hätten wecken können, verschwand noch das letzte bisschen Müdigkeit und man begann sich in Schale zu werfen. Während Tom schon beinahe fertig war, saß Sina noch in Unterwäsche da und bekam die Haare gemacht. All ihre Sachen lagen bereit um sie wie eine Prinzessin erstrahlen zu lassen, da klingelte es an der Türe. Sina sah an sich herunter und wurde etwas panisch, weshalb ihre Freundin an die Türe ging. Es war eine der Freundinnen, welche noch eben was vorbeibrachte. Sina guckte überrascht, als die Freundin in der Tasche kramte. "Du weißt ja – sagte die Freundin – es braucht zur Hochzeit neben etwas Neuem auch immer etwas Blaues und etwas Geliehenes! Deshalb habe ich dir ein blaues Strumpfband besorgt und von mir bekommst du noch ein Armband mit einer weißen Rose geliehen, sonst bedeutet das Unglück!" Sina war gerührt, denn daran hat sie gar nicht gedacht. Einmal mehr zeigt sich, wie toll es ist, solche Freundinnen zu haben. Dann war es soweit, die Frisur und das Make-Up waren fertig und es folgte das Ankleiden, welches auch recht flott von der Hand ging. Sina war fertig für ihren Tom und ihr Herz klopfte bei dem Gedanken gleich schneller. Sie wollte ihre Freundin schon zum Aufbruch einstimmen, als es erneut an der Türe klingelt. "Wer kann das jetzt sein, ich muss doch gleich los!" sagte Tina und öffnete die Türe. Ein gepflegter Mann im weißen Anzug stand vor der Türe. "Hallo, mein Name ist Hannes, ich wurde von Tom beauftragt und bringe sie zum Standesamt!" Sina war platt als sie nach Draußen ging, denn an der Straße stand ein feuerrotes Ford Mustang Cabrio und wartete darauf, sie zur Trauung zu chauffieren. "Dass er sich das gemerkt hat…!" Sina war ganz entzückt. So nahm sie auf der Rückbank Platz und sie fuhren los. Der Schleier wehte im Fahrtwind und Sina genoss die Fahrt durch die Stadt. Sie ahnte, wie sich wohl Hollywoodgrößen damals gefühlt haben müssen und kam sich vor wie eine echte Prinzessin. Beim Standesamt angekommen, standen schon ihre Eltern bereit und Sinas Mutter musste beim Anblick ihrer Tochter vor Glück direkt weinen. Auch der Vater hatte mit einer Träne zu kämpfen, nahm seine Tochter an der Hand und führte sie, nachdem alle Gäste an ihren Plätzen saßen, ins Standesamt. Durch einen Flur ging es in den schön dekorierten Raum, wo die Trauung stattfand und die Gäste saßen, um sie freudig zu empfangen. Als sie um die Ecke bog und durch die Türe zum Saal schritt, sah sie Tom stehen. Als er es bemerkte, drehte er sich um und sah seine wunderschöne Sina. Es durchfuhr in ein unbeschreibliches Gefühl des Glücks und er musste sich zusammenreißen, dass bei dem Anblick seiner Sina, nicht noch seine Knie weich wurden. Als sie auf ihn zu kam, schlug sein Herz so heftig, dass er schon befürchtete, die anderen können es auch hören.

"Oh Gott, du bist so unglaublich schön! Nicht im Traum hätte ich es mir so ausmalen können!" kam es ihm über die Lippen und er schluckte schwer. Die Zeremonie sollte dann auch beginnen und beide waren aufgeregt. Die Standesbeamtin vollzog die Trauung mit einem Lächeln und brachte auch die beiden Eheleute manches Mal zum Schmunzeln und erröten, als sie Anekdoten von den Brautleuten erzählte. Als sie damit fertig war, etwas über die beiden zu erzählen, leitete sie dazu über, den beiden die entscheidende Frage zu stellen. Tom und Sina gaben sich, während sie sich lang und innig in die Augen sahen, gegenseitig das Eheversprechen und steckten sich nacheinander die Ringe an die Finger. Es folgte ein Kuss, welcher ganz klar bewies, wie sehr die beiden füreinander bestimmt waren. Die beiden kamen aus dem Standesamt und Draußen warteten alle Gäste um sie zu feiern und hochleben zu lassen. Die Neffen und Nichten streuten Blütenblätter und Tom küsste nochmal seine Braut, was für tosenden Applaus und Jubel sorgte. Auf dem Weg zum Wagen warteten Toms Freunde aus der Selbsthilfegruppe, welche sich versammelten, um Reis zu werfen und dem Brautpaar ihre Glückwünsche auszusprechen. Als die beiden auf der Rücksitzbank des Mustangs Platz nahmen, ging die Fahrt unter lautem Hupen zum Gasthof. Viele Passanten winkten den beiden zu, andere Fahrzeuge hupten und hielten den Daumen hoch aus dem Fenster. Sie genossen die Fahrt sehr und nach einer Weile kamen sie beim Gasthof an, wo bei hervorragender Stimmung die Hochzeit gefeiert wurde. Nach dem die Hochzeitsgesellschaft saß, stand Sinas Papa auf, schlug mit dem Messer vorsichtig an ein Glas, bat um die Aufmerksamkeit der

Gäste und hielt eine kleine Rede: "Ich bin wahrlich kein großer Redner, aber ich möchte die Gelegenheit heute nutzen, um zum Ausdruck zu bringen, wie stolz ich darauf bin, dass meine kleine Sina einen so wundervollen Ehemann gefunden hat, der sie auf Händen trägt, ihr auch bestimmt jeden Wunsch von den Lippen abliest und sie beschützt. Ich freue mich, Dich mein lieber Tom, als Schwiegersohn dazubekommen zu haben. Sina hätte es nicht besser treffen können! Ein Hoch auf das Brautpaar!" Sina sah ihren Vater, wie er dastand und sichtlich aufgeregt seine Rede hielt, ging danach zu ihm, um ihm dafür zu danken. Es war ein sehr bewegender Moment, als auch Tom kurz das Wort ergriff, seinem Schwiegervater für seine lieben Worte dankte und erzählte, wie sehr er dem Schicksal dankt, dass es ihm seine Sina ein zweites Mal schenkte und sie nun gemeinsam ihren Weg gehen und sie zukünftig nichts mehr trennen kann. Er dankte auch allen Anwesenden, dass sie so zahlreich zur Feier erschienen sind und wünschte allen einen guten Appetit. Der offizielle Teil war erledigt und man machte sich eifrig ans Buffet. Da erhob sich die Braut, nahm ihren Tom an der Hand und zog ihn in die Mitte der Festgesellschaft. Tom wusste nicht so recht was nun folgte und auch sonst war niemand über das im Bilde was als nächstes geschah. Sina sah ihrem Tom in die Augen, dankte ihm zu allererst für seine unendliche, reine Liebe und gab ihm einen kleinen schwarzweißen Zettel in die Hand. Er öffnete ihn, sah ihn an und begriff erst nicht, was er da sah. Er blickte Sina an und auf seinen fragenden Blick hin, antwortete sie "Du sagtest, es fehlt noch ein Sandkasten im Garten… Du sagtest, du siehst eine Schaukel im Garten zwischen den Bäumen stehen." Tom sah nochmal das Bild an, begriff so langsam was er da sah und fragte "Das ist unser Kind?" Sina nickte und sagte "Ich wollte bis heute warten, obwohl ich schon vor zwei Wochen beim Arzt war." Tom hob den Kopf und verstand "Ah ja…. Deine Magenprobleme, weswegen du Dir was verschreiben lassen wolltest…" und Sina lächelte. "Ja… die Magenverstimmung!" und die beiden fielen sich um den Hals. "Ich werde Papa!" rief Tom, wischte sich eine Träne weg und alle waren aus dem Häuschen. Damit hat wahrlich niemand gerechnet. Er zeigte stolz das Ultraschallbild in die Menge und konnte sein Glück kaum fassen, denn das war eine gelungene Überraschung und toppte sogar ganz locker seine eigene mit dem Mustang um

Längen! Ja, es war sogar das schönste Hochzeitsgeschenk, was Tom hätte passieren können. Toms Eltern ergriffen ebenfalls kurz das Wort, baten um etwas Aufmerksamkeit und überraschten die beiden mit einer Hochzeitsreise auf die Malediven, worüber sie sich riesig freuten. Sinas Eltern versprachen den beiden die Erstausstattung für das erste Kind und all die anderen Gäste füllten den Gabentisch mit vielen tollen Präsenten. Am schönsten aber fanden sie die vielen tollen Aktionen was Freunde und Verwandte starteten. Lampions, auf denen die Gäste schrieben, was sie dem Brautpaar wünschten, welche dann mit einer Kerze befeuert zu später Stunde in den Himmel stiegen und wie Sterne leuchteten. Ständchen und Gedichte, welche eigens für die beiden geschrieben und dargeboten wurden. Glückwunschkarten die an Ballons in den Himmel stiegen. Es war für Tom und Sina ein unvergesslicher Tag, der viele Emotionen hervorrief und so viel bedeutete. Die beiden konnten ihr Glück kaum fassen, feierten ausgelassen den ganzen Abend und tanzten, bis die Beine schmerzten. Irgendwann zu später Stunde, kam Sinas Mutter zu Tom und sagte "Es ist schon spät, wir kommen hier noch gut allein zurecht!" Tom verstand erst nicht, begriff aber dann, was sie meinte und nickte. Er ging zu Sina, nahm sie bei der Hand, blickte nochmal in die Runde und verschwand mit ihr beinahe unbemerkt, um sich mit ihr zurückzuziehen. "Herr Gemahl wo möchten sie denn mit mir hin?" – "Das werden sie schon sehen Frau Gemahlin" und sie gingen in das eigens für das Brautpaar geschmückte Hotelzimmer. Tom nahm seine Frau in den Arm und küsste sie innig.

Die beiden vergaßen alles um sie herum, halfen sich gegenseitig, langsam aus den Sachen und fielen auf das mit Blütenblättern dekorierte Bett, worauf eine wunderschöne und romantische Hochzeitsnacht folgte. Ein paar Tage später startete das Paar zu ihrer Hochzeitsreise. Tom und Sina waren schon ganz aufgeregt und warteten am Flughafen auf ihren Check-In. Etwa zehn Stunden Flugzeit erwartete das Paar um auf einer der Inseln, genauer auf Malé zu landen. Sina lenkte sich mit Lesen ab, während sich Tom etwas in der Halle umsah. Da kam der Aufruf, dass sich die Passagiere für den Flug nach Malé an Gate 7 versammeln sollten um das Flugzeug zu besteigen. Nach dem sie den Flieger bestiegen, wurden ihnen ihre Plätze zugewiesen, welche auf den Bordkarten standen und Tom ließ Sina ans Fenster. Das Herz der beiden pochte wie verrückt. Sie verstauten ihr Handgepäck in den dafür vorgesehenen Fächern über ihnen, setzten sich und legten den Sicherheitsgurt an. Sina bekam ihren Gurt dabei fast nicht geschlossen, so zitterten ihr die Hände.

Geflogen sind beide schon einmal unabhängig voneinander mit ihren Eltern, aber das war lange her. Das Flughafenpersonal, welches sich um die Maschine kümmerte, zog ab und der Lotse sah noch einmal nach dem rechten, bevor er dem Piloten das Zeichen gab und ihn mit dem Pusher vom Gate wegdrückte. Nachdem die Maschine in Position stand, koppelte der Schlepper ab und entfernte sich. Kurz standen sie noch ruhig, als die Turbinen plötzlich aufheulen und das Flugzeug zu rollen begann. Eine Weile dauerte es und sie rollten die etwas holprige Bahn entlang bis die Maschine seitlich zur Startbahn stand und auf die Erlaubnis des Towers wartete, welches dann auch gleich folgte. Die Maschine schwenkte auf die Startbahn ein und plötzlich drückte es alle in die Sitze. Einen kurzen Moment noch, ein gut wahrnehmbares Vibrieren und schon hob das Flugzeug ab. Es wurde etwas leiser und nur das Summen der Turbinen war noch zu hören. Sina konnte durchs Fenster zusehen, wie alles ganz schnell kleiner wurde, bis sie irgendwann aufhörten zu steigen. "Wow, war das schnell und schau an, wie hoch wir sind!" sagte Sina, welche bei dem Gedanken an die Höhe eine Gänsehaut bekam. Tom fand das lustig und grinste, weshalb er einen hieb in die Seite bekam "Du sollst mich nicht auslachen!" sagte sie, doch Tom versicherte ihr wie immer, dass er sie nur anlachen würde. Der Flug dauerte einige Zeit und Sina fast schon zu lange, denn sie konnte es kaum erwarten das schöne Wetter und die Landschaft, sowie das Meer zu genießen. Tom schlief zwischenzeitlich ein bisschen, um die Wartezeit zu verkürzen, was aber von der Stewardess mit dem Duft des Essens aus der Bordküche unterbrochen wurde. Tom lehnte dies natürlich nicht ab, doch Sina war sich nicht sicher, ob sie das Essen während des Fluges verträgt, der Hunger hat sie aber überredet und so wischte sie diese Gedanken bei Seite und ließ sich verwöhnen. Nach etwa zehn Stunden Flugzeit kündete der Pilot an, dass es noch etwa eine viertel Stunde bis zur Landung sei und bat die Fluggäste, ihre Gurte wieder anzulegen. Die Stewardess ging nochmal durch die Reihen und sah nach, ob

alle gesichert sind und ob die Tische alle hoch-
geklappt waren. Auch sie setzte sich und gur-
tete sich an, bevor sie dem Kapitän mittels
Bordtelefon Bescheid gab, dass alles bereit zur
Landung sei. Die Maschine setzte spürbar zum
Sinkflug an und Sina blickte gespannt aus dem
Fenster.

Sie durchbrachen die Wolkendecke und von
weitem konnte sie schon Land sehen in mitten
des weiten blauen Ozeans. Immer näher kamen sie und es sah wundervoll aus. "Genau so
habe ich mir das vorgestellt!" sagte Sina und
freute sich. Tom nahm ihre Hand und gemeinsam fieberten sie der Landung und dem Verlassen des Flugzeugs entgegen. Endlich, die
Maschine setzte mit einem kurzen Ruck und
quietschenden Reifen auf, nach ein paar Minuten hatten sie wieder festen Boden unter den
Füßen und wollten so schnell wie möglich, ins
ersehnte Urlaubsdomizil, wovon sie so lange
geträumt hatten. Jedoch dauerte das Ganze
noch eine Weile, bis sie ihre Koffer hatten und
dann von dem Fahrer ihres Hotels in Empfang
genommen wurden, um sie mit dem Shuttle-
bus dort hin zu bringen. Schnell verging die
Zeit und die ersten Tage der Flitterwochen waren verstrichen. Die beiden waren erstaunt,

wie gut sie die Hitze und das Klima vertrugen. Als wäre nichts, als wären sie gesund, bewegten sie sich im Freien und genossen den Strand und die Inlandsbesuche, die Märkte und Sehenswürdigkeiten. Sie besichtigten den imposanten Theemuge Palast des Präsidenten, die Touristenattraktion Sultanspalast Muleeage und den Fischmarkt, nachdem sie das islamische Zentrum besichtigten, welches viel über die Kultur dort erzählte. Die beiden hatten sehr viel Spaß und verlebten einen wundervollen Urlaub. Doch irgendwann war dieser zu Ende und es ging wieder ans Koffer packen um nach Hause zu fliegen. Am Airport herrschte ein durcheinander, was es erschwerte, den Überblick zu behalten, aber sie fanden ihren Check-In und so ging alles seinen Gang. Der Flug zurück verlief teils etwas Unruhig, weil sie in einige Schlechtwettergebiete kamen. Mal sackte die Maschine kurz ab, mal vibrierte alles, was Sina eher nervös stimmte und ihr Unbehagen brachte, aber Tom bemerkte das und beruhigte sie etwas. "Ich pass schon auf, dass euch beiden nichts passiert!" und streichelte über Sinas Bauch. Sie schmiegte sich an ihren Tom und so flogen sie noch ohne größere Probleme den Rest bis nach Hause. Am Flughafen angekommen,

erwartete die beiden schon ein Begrüßungsko-
mitee, welches aus den Freunden der Beiden
bestand. "Schön wieder Zuhause zu sein,
wenn wir auch ein wenig Traurig sind, dass der
Urlaub schon wieder vorbei war." Sagte Tom.
Er sah Sina dabei an, welche nickte und lächelte. So wurde sich erstmal umarmt und be-
grüßt. Anschließend wurden die Beiden nach
Hause gefahren, wo die Freunde sie allein ließen, damit sie sich erstmal akklimatisieren und
Zuhause ankommen konnten. Die Koffer
standen noch eine Weile gepackt in Flur, denn
Sina war so geschafft, dass sie sich erstmal auf
die Couch legen musste. Tom fing schonmal
langsam mit dem Auspacken an. Nach einer
Weile kam auch Sina wieder dazu und miteinander räumten sie noch den Rest auf, machten eine Maschine Wäsche an und setzten sich
etwas auf ihre Terrasse. Da es schon spät am
Abend war, waren die Temperaturen auch sehr
erträglich und sie träumten sich Hand in Hand
gemeinsam nochmal in den Urlaub zurück, als
sie zum Sonnenuntergang am Sandstrand entlang spazierten, den Blick zum Meer gerichtet,
wo die Sonne schon eintauchte und einen gol-
denen Schimmer auf das Wasser malte. Bei
diesen Bildern im Kopf wurde es den beiden
ganz warm ums Herz und es kam schon gleich

nach der Ankunft zu Hause das erste Fernweh auf. Wie sehr sie sich doch wohl fühlten, ihnen vor allem ihre Erkrankung scheinbar nichts anhaben konnte und sie sich so gesund wie schon lange nicht mehr fühlten. Sie öffneten die Augen, sahen sich an und schworen sich, dass sie sobald es möglich war, wieder solch eine Reise tun wollten, aber erst einmal sollten es noch ein paar schöne Monate daheim werden, bevor ihr größter Liebesbeweis zur Welt kommt. Es vergingen Wochen und Sina plagte das Klima, denn diese schwüle Hitze war für sie kaum auszuhalten. Nicht nur weil sie Schwanger war, sondern weil MS-Kranke leider extrem darauf reagieren. Temperaturschwankungen setzten ihnen enorm zu, was man als Uhthoff-Syndrom* bezeichnet. In solchen Fällen bleibt einem Erkrankten nichts weiter, als sich kühlere Orte zu suchen und sich mit nassen Umschlägen, Klimaanlagen oder mit extra dafür entwickelten Kühlwesten zu behelfen. Sina verzog sich dazu lieber in den Keller, wo auch eine Couch zu diesem Zweck stand, um sich etwas zu schonen. Als Tom von der Arbeit nach Hause kam, ging es ihm nicht viel anders. Er behalf sich mit kühlen duschen und gekühlten Getränken, was Sina aber nicht so gut bekam. Als er sie im

Keller liegen sah, vermutete er schon schlimmes, merkte dann aber, dass es bei ihr ebenfalls die Hitze war. Er tränkte ein paar Handtücher und wickelte sie ihr um die Waden.
Zwar nicht ganz ohne lautstarken Protest seiner Liebsten, was dann aber in stille Zustimmung überging. So war es doch etwas erträglicher mit der Hitze umzugehen.

* Nach dem Arzt Dr. Uhthoff benannt, der dieses Phänomen in Bezug auf Multiple Sklerose entdeckte

Um generell etwas Abhilfe zu schaffen, dachte Tom über die Anschaffung eines Klimagerätes nach. Das Ganze ist aber relativ kostspielig und er informierte sich über die verschiedenen Möglichkeiten. Es war klar, dass es ein festinstalliertes Gerät werden sollte, welches geschickt angebracht Wohnzimmer oder Schlafzimmer kühlen konnte, denn so ging es nicht weiter. Wer lebt schon gerne im eigenen Haus im Keller wie eine Maus in ihrem Mauseloch! Das Klimagerät war schnell geordert und von Fachleuten montiert, was zur Folge hatte, dass Sina sich nun auch bei Tageslicht und mit einem kühlen Kopf entspannen konnte. Der Zeitpunkt der Geburt kam immer näher. Sinas Bauch nahm, wie Tom es so schön formulierte, beträchtliche Ausmaße an. Ok, war nicht so ganz charmant, aber hey, er ist Ingenieur… scheint an deren Naturell zu liegen. Sina jedenfalls nahm ihm dies nicht krumm. Der Notfallkoffer war schon gepackt und stand im Flur neben der Türe. Für den Fall, dass es genau dann losgeht, wenn Tom im Büro ist, wurde mit der Nachbarin besprochen, dass sie Sina ins Krankenhaus fährt und Tom verständigt, damit keine Zeit verloren wurde. Ansonsten sah Tom zu, in der Zeit so viel wie nur möglich von Zuhause aus zu erledigen, um für Sina da zu sein. Eine Überraschung sollte ja zur Geburt noch folgen. Die beiden wollten nämlich bis zur Geburt nicht wissen, was es wird. So überlegten sie sich zwei Namen und diese standen auch nach nicht allzu langer Überlegung und ohne große Diskussionen fest.

Wird es ein Mädchen, soll es Emily heißen und wenn es ein Junge wird, dann soll er Jonas heißen. So soll es geschehen, als ein paar Tage später, Tom war glücklicherweise Zuhause, Sina nach ihm rief. Es war kein normales Rufen, eher ein verängstigtes, leicht panisches Rufen und bei Tom gingen alle Alarmglocken an. Wie vom Blitz getroffen eilte er zu ihr und fand Sina im Bad. "Ich musste auf Toilette und mir ist die Fruchtblase geplatzt!" sagte sie und ihre Kleidung sowie der Boden waren nass. "Moment!" sagte Tom und eilte ins Schlafzimmer um frische Sachen zu holen. Er hat das alles oft genug im Geiste durchgespielt, jetzt nur keine Panik, alles wird gut! sprach er sich selbst Mut zu und eilte wieder ins Bad, wo sich Sina der nassen Klamotten entledigte und half ihr dabei, sich die neuen Sachen anzuziehen. Die Pfütze noch eben mit einem Handtuch aufgenommen und alles zusammen in die Dusche geworfen, dann ging es auch schon los.

Sina hat er ins Auto gesetzt und den Koffer hinten hineingeworfen. Mit Warnblinker und Fernlicht ging es ins Krankenhaus, um seine Sina so schnell es nur geht hinzubringen. Nach ein paar Minuten waren sie da und er setzte Sina ein einen eilig herbeigeschafften Rollstuhl. "Ich kann doch laufen!" sagte Sina noch mürrisch, aber Tom war das egal, denn rollend ging es schneller zum Kreissaal. Dort angekommen, übergab er Sina an eine Hebamme und entschuldigte sich kurz, um den Wagen wegzufahren und beeilte sich so schnell es ging. Sina war schon im Kreissaal, als Tom ankam, sich einen Kittel überwarf und zu seiner

Frau eilte, um ihr beizustehen. Die Hebamme kümmerte sich ganz liebevoll um Sina und wirkte beruhigend auch sie ein, um ihr die Angst zu nehmen, was auch wirkte. Es sollten dann aber doch noch knappe zwei Stunden werden, bis ein kleiner Jonas das Licht der Welt erblickte. Als Tom seinen Sohn sah, war er wie verzaubert. Dass er einmal so etwas Wunderbares erleben würde, davon hätte er nicht zu träumen gewagt und nun ist es Wirklichkeit. Die Hebamme nahm den kleinen Jonas mit um ihn sauber zu machen und Tom küsste seine Sina. "Ich bin so stolz auf Dich! Das hast du wunderbar gemacht!" und küsste sie erneut. Kurz darauf brachte die Hebamme den Kleinen wieder zu seinen Eltern und legte ihn auf Sinas Bauch. Sie war müde, aber glücklich und zusammen mit ihrem Tom und dem kleinen, hatte sie nun eine richtige, eigene Familie! Die Eltern kamen etwas später im Krankenhaus an, und waren glücklich darüber, ihren gemeinsamen Enkel zu feiern. Sinas Eltern herzten ihre Tochter und gratulierten ihr zu ihrem Sohn. Nach einer Weile merkte Tom, dass Sina sehr geschwächt war und dringend Ruhe benötigte. Er legte Jonas ins kleine Bettchen neben Sina und deckte beide zu. Sina schlief auch schnell ein und alle im Raum waren ganz still. Da auch der kleine Jonas schlief und die Schwestern immer nach den beiden guckten, ging Tom mit den Eltern in die Cafeteria um sich dort noch etwas zu unterhalten. Nach einer Weile aber, verabschiedeten sie sich bei Tom und traten die Heimreise an. So hatte Tom noch etwas Zeit, um sich um seine beiden Liebsten zu kümmern. Er saß da und betrachtete seine Frau und seinen Sohn. Beide schliefen und wirkten dabei so engelsgleich. Es überkam ihn und er musste weinen. Damit keiner der beiden wach wurde, versuchte er ganz leise zu sein. Ihm liefen die Tränen und er konnte sein Glück kaum fassen. Wieder ging ihm die Zeit durch den Kopf, ab dem Moment wo er seine Sina wiederfand und jetzt sitzt er da und betrachtet seinen Sohn, den er mit seiner großen Liebe zeugte. Neben all den Schicksalsschlägen, sind es genau solche Momente, die einen immer wieder dazu ermutigen, weiterzukämpfen, ganz egal was auch kommt! Jetzt gibt es zwei Seelen, die ihn brauchen und schon allein deshalb ist es so wichtig, gegen diese fiese Erkrankung so gut es geht anzukämpfen. Sina und Jonas sind meine wahre Medizin! dachte er sich und lächelte dabei, während er sich übers Gesicht wischte.

Er streichelte ganz leicht Sinas Hand und hatte dabei die Augen geschlossen, weil er selbst unendlich müde war. Seine andere Hand war im Bettchen von Jonas, der, als wenn er es so gewollt hätte, Toms Zeigefinger festhielt. Tom bewegte sich keinen Millimeter, traute sich noch nicht mal tief zu Atmen, um den Kleinen nicht zu wecken, so genoss er diesen Moment.

Wenig später öffnete Sina die Augen, sah ihren Tom, wie er mit geschlossenen Augen bei ihr saß, ihm Tränen über die Wangen liefen und er dabei lächelte. Sie streichelte ihm die Hand und sagte ihm, wie sehr sie ihn liebt. Das Glück der Beiden war mit der Geburt von Jonas so perfekt geworden, dass man es sich schöner nicht ausmalen konnte! Nach ein paar Tagen durften die Beiden das Krankenhaus verlassen. Jonas nahm in seinem Baby-Case auf der Rücksitzbank neben Mama Platz und Papa lud die Koffer ein. Wie auf rohen Eiern fuhr Tom nach Hause, als transportiert er etwas Zerbrechliches, aber der Kleine schlief während der Fahrt friedlich. Eine Stille war es im Auto, die man als unbeteiligter eher als bedrückend empfinden würde. Für die beiden aber genügten Blicke im Innenspiegel und es war so viel Liebe in der Luft, dass es nichts weiter bedurfte. Zuhause angekommen, trugen die frischgebackenen Eltern ihren Sohn ins Haus, wo schon sein von Mama liebevoll gestaltetes Zimmer auf Ihn wartete. An jedem Detail merkte man, dass viel Liebe darin steckte, was man aber schon spürte, wenn man den Raum nur betreten hat. Es fehlte an nichts und wirkte wie eine Oase des Glücks!

Ein erneuter Schub

Einige Tage waren vergangen und der Umgang mit dem Kleinen fiel von Mal zu Mal leichter. Es stellte sich eine gewisse Routine ein und Sina ging in ihrer Rolle als Mama total auf, als sie bemerkte, dass ihr Arm wieder Empfindungsstörungen aufwies. Als Tom am Nachmittag nach Hause kam, fand er Sina weinend im Kinderzimmer vor und fragte was los sei. Sie saß zusammengesackt auf dem Boden, schlug mit ihrer rechten Hand auf ihr linkes Bein ein und weinte bitterlich! "Es fing heute Morgen mit meiner linken Hand an, wie damals, als sie so pelzig war. Dachte mir aber nicht viel dabei, nur eben, dass ich mal wieder zum Neurologen fahren müsste." und schluchzte. "Ich habe mich die ganze Zeit um Jonas gekümmert und es war alles kein Problem. Mittags hatte ich ihn noch gefüttert, gewickelt und wollte ihn ins Bett bringen, als ich bemerkte, dass mein Bein ganz komisch war und meine Seite ganz pelzig wurde. Ich nahm zur Vorsicht den Treppenlift und brachte Jonas ins Bett. Als ich dann aber aus dem Zimmer gehen wollte, verlor ich das Gleichgewicht und sackte auf dem Boden zusammen." Tom war entsetzt, was alles hätte passieren können, war aber froh, dass Sina so kühn reagiert hat. Er verständigte Sinas beste Freundin, die auch schnell da war, um sich um Jonas zu kümmern. Da sie selbst Mama war und genug Erfahrung hatte, war dies gar kein Problem. Tom fuhr in der Zeit mit Sina ins Krankenhaus und dort angekommen, war Sina nicht mal mehr fähig aus eigener Kraft zu stehen und so setzte sie Tom in einen Rollstuhl. Die komplette linke Seite war Taub und Sina fiel sogar das Sprechen schwer. Gemeinsam warteten sie darauf, dass Sina ins MRT kam und Tom beruhigte sie so gut es ging. Kurz darauf wurde sie für die Untersuchung abgeholt und Tom wartete in der Zeit außen. Er nutzte die Zeit, um Sinas Eltern zu informieren. Die waren natürlich sehr besorgt, aber Tom beruhigte sie, dass er alles im Griff hat und es nicht so schlimm ist. Er würde sie, wenn er etwas Neues weiß, sofort informieren. So verblieben sie und Tom ging nach dem Telefonat wieder rein, wo auch schon die Schwester auf ihn wartete um zu sagen, dass Sina gleich mit der Untersuchung fertig wäre. Als Sina wieder da war, brachte ihr Tom etwas zu trinken und einen Strohhalm. So konnte sie wenigstens etwas Flüssigkeit zu sich nehmen. Ihre Traurigkeit blieb nicht unbemerkt und Tom sprach Ihr gut zu "Das wird wieder! Denk an mich damals, ich habe das auch wieder hinbekommen. Ich bin bei dir und zusammen schaffen wir das!" Aber Sina blickte zu Boden, weinte und murmelte, was wohl gewesen wäre, wenn sie Jonas fallen gelassen hätte oder sonst was Schlimmes. Das wollte Tom aber nicht hören und sagte "Du hast Jonas aber nicht fallen lassen und nun hör auf dich selbst so schlecht zu machen!" Diese mahnenden Worte hat Sina vernommen und selten hat sie Tom so bestimmend erlebt, aber er kannte diese Situation ja schon und sie wollte ihm vertrauen. Nach einer Weile kam der Arzt und nahm die beiden mit in ein Behandlungszimmer. "Wir haben einen neuen aktiven Herd gefunden, welcher so ungünstig liegt, dass sie diese Taubheit der linken Körperhälfte haben. Wir müssen sie hierbehalten und sollten direkt mit einer Kortison-Therapie beginnen. Sina hörte gar nicht mehr richtig zu. Sie war gedanklich in der Vergangenheit, als Tom damals wegen genau diesem Problem zum Schluss die Plasmapherese machen musste und sie damals weggelaufen war. Sie fing an zu weinen und Tom beruhigte sie. Er konnte sich schon denken, weshalb sie weinte und sagte dem Arzt, dass es alles so ok ginge und er nun einen Moment für Sina braucht.

Er fuhr sie nach Draußen, sah sie an und fragte sie "Warum weinst du?" und fuhr fort "Falsche Frage... glaubst du ich würde dich nun im Stich lassen?" Sina sah ihn wie ertappt an, ja beinahe schockiert wirkte sie und er sprach weiter "Niemals würde ich dich allein lassen, niemals mehr wollte ich dich missen! Wir stehen alles gemeinsam durch und kämpfen für unseren Sohn! Das verspreche ich dir!"

Mit diesen Worten traf er mitten ins Herz von Sina und sie weinte so sehr, weil sie schon Angst hatte, dass sich dieses ganze Szenario wiederholt. Aber im nächsten Moment schämte sie sich auch, wie sie Tom auch nur einen Moment so etwas zutrauen konnte. Er erkannte ihre Scham und tröstete sie, dass solche Gedanken eben vorkommen und das nicht schlimm sei. Wichtiger ist doch, dass sie zusammenhalten und küsste seine Sina. Nach den beiden Kortison-Stößen ging es Sina etwas besser. Die Hand und das Bein waren noch pelzig und fühlten sich wie Watte an, aber es kehrte Stück für Stück das Gefühl zurück. Nach knapp drei Wochen, in denen sie ihren Jonas immer nur Stundenweise im Krankenhaus sehen konnte, durfte sie endlich wieder nach Hause zu ihrem kleinen Schatz.

Sie musste allerdings, damit sie sich nicht verletzte, noch eine Weile mit dem Rollstuhl zurechtkommen. Nun zeigte sich Sinas Entscheidung, das Haus von Anfang an Behindertengerecht umzubauen, als Vorteil. Sie konnte sich mit dem Rollstuhl soweit ungehindert bewegen und mit dem Treppenlift die Stockwerke überwinden. Was ihr wiederum Mut machte und sie dadurch positiver gestimmt war. Zur Überbrückung, bis es ihr besserging, hatte Sina eine Familienhelferin und die restliche Zeit stand ihr noch ihre Freundin zur Seite, welche sie immer wieder bestärkte. Das Sina immer wieder versuchte, sich selbst zu motivieren, sollte sich noch als wertvoll herausstellen, denn Sina und Tom waren mit ihrem Sohnemann zu einem Spaziergang unterwegs. Tom schob den Kinderwagen, während Sina im Rollstuhl daneben entlangrollte, als eine etwas ältere Nachbarin, welche ein paar Häuser weiter wohnte, eine abfällige Äußerung tätigte und sagte "Wie kann man bloß behindert sein und Kinder in die Welt setzen!" Sina stockte der Atem, sie wusste in dem Moment nicht ob sie Lachen oder Weinen sollte und es kam ihr kein Wort über die Lippen. Tom rief ihr noch nach, dass sie sich um ihren eigenen Kram kümmern soll und so gingen die

beiden weiter. Sina war darüber so erschüttert, dass sie wortlos dahinrollte und es sie tatsächlich so sehr traf, dass sie gut zu tun hatte, nicht das Weinen anzufangen. "Wie kann man nur so sein?" sagte sie. Hat man als chronisch kranker Mensch kein Recht dazu Glücklich zu sein? Diese alte Hexe hatte es tatsächlich geschafft, dass Sina an ihren Qualitäten als Hausfrau und Mutter zweifelte. Bis ins Mark erschütterte sie diese Aussage und das spürte Tom noch Tage später. Es dauerte überhaupt eine ganze Weile, bis Sina anfing zu reden. "Meinst du, wir machen alles richtig so?" fragte sie Tom und er versicherte ihr, dass sie sich das nicht so sehr zu Herzen nehmen darf. "Das ist dummes Geschwätz einer alten verbitterten Frau!" sagte Tom und schüttelte dabei den Kopf. Doch Sina beschäftigte das sehr und diese Aussage war der Stein des Anstoßes für eine ganze Reihe an negativen Gedanken. Sina zweifelte sehr an sich selbst und fuhr fort "Was ist, wenn ich wirklich mal unfähig sein sollte, mich um Jonas zu kümmern?
Wenn ich den Haushalt nicht mehr machen kann?" Tom verstand Sinas Bedenken und wollte diese nicht herunterspielen, aber er bremste sie in ihrem Denken aus, da man sich keine Gedanken um ungelegte Eier machen

sollte. "Wir müssen beide lernen, dass wir uns solch dumme Aussagen nicht mehr so zu Herzen nehmen dürfen, auch wenn es schwerfällt!" Sina sah ein, dass Tom Recht hat, denn bei solchen Dingen hat er meistens Recht und so nahm sie seinen Rat an und versuchte diese dunklen Gedanken aus dem Kopf zu verbannen. "Weißt du, was wir nun machen?" fragte Sina und Tom guckte sie fragend an. "Wir essen jetzt Erdbeerkuchen und du musst ihn holen!" witzelte Sina. "Wird gemacht Chef!" sagte Tom und salutierte vor Sina, welche daraufhin grinsen musste. So fuhr Tom los um die ersehnte Leckerei zu besorgen. Einige Wochen später gingen die Drei wieder Spazieren. Diesmal aber schob Sina den Kinderwagen und Tom lief neben ihr her. Da stand wieder diese Frau an ihrem Gartenzaun und Sina streckte ihr frech die Zunge raus, was der alten Dame wohl derb aufstieß. Die Beiden drehten sich nicht um, aber wenigstens konnten sie gut hören, wie die alte Hexe schimpfte. Sie lachten laut darüber und gingen weiter. Spiel, Satz und Sieg! Die wird sich so schnell nicht mehr das Maul zerreißen! Eine Wohltat für Sinas Seele und perfektes Training für die Bauchmuskeln noch dazu. Sollte man öfter machen, befand Tom und Beide mussten nochmal lachen. Es verging ein gutes Jahr im Leben der drei. Die MS gab ruhe, der Sohnemann lief mittlerweile und Nichts mehr war vor ihm sicher. Tom krabbelte auf allen vieren durchs Haus um alle Gefahrenstellen zu eliminieren, die in Reichweite des Sohnemanns liegen konnten. Sina fand das ganze höchst spannend und nahm es teilweise mit der Handykamera auf. Tom wusste indes nicht, ob er das auch Lustig finden mag, machte aber ein schönes Gesicht dazu und hielt brav allen Hohn und Spott aus. Zufrieden und glücklich waren sie und auch die besprochene Schaukel stand mittlerweile, welche von einem Sandkasten sowie etlichen anderen Spielgeräten und einem Spielhaus umringt war. Als Tom mit seinem Kaffee auf der Terrasse saß und seine Sina dabei beobachtete, wie sie mit Jonas Sandkuchen bastelte, kam ihm der Gedanke, wieso sie es nicht nochmal wagen. Wenig später, es gab Abendessen und Jonas aß wie immer mit Leib und Seele.

Zugegeben, es war dann doch mehr sein Leib im Spiel. Nach einer Weile fing Tom etwas verhalten an, in Halbsätzen zu reden, was Sina irgendwann unterbrach und Tom bat, mit der Sprache rauszukommen. Sie lächelte erwartungsvoll und Tom atmete durch. "Schau wie toll sich unser Jonas entwickelt, es ist eine

Freude ihm zuzusehen, wie er sich täglich wei-
terentwickelt!" Sina sah ihn an, runzelte die
Stirn und unterbrach Tom. "Sag mal, geht das
in die Richtung, dass wir eventuell noch ein
Kind wollen?" und Tom nickte, wenngleich er
sich in dem Moment nicht sicher war, ob es
auf Grund von Sinas Reaktion eine gute Idee
war, aber Sina schnellte hoch und rief einen
Schrei der Freude aus, dass Jonas vor Schreck
das Essen durch die Gegend warf. Sie fiel Tom
um den Hals und war so froh, denn sie selbst
hatte schon darüber Nachgedacht, traute sich
aber selbst nicht ihren Gatten darauf anzusprechen. Umso schöner, dass Tom sich ans
Herz fasste, um die Frage zu stellen. Sie beschlossen aber, es einfach geschehen zu lassen,
nichts zu planen, weil das einfach nur hinder-
lich ist und die Freude daran nimmt. So vergingen also noch ein paar Monate, in denen die
Drei weiterhin harmonisch und halbwegs be-
schwerdefrei zusammenlebten, sie ihrem Jonas seine kleine feine Welt zeigten, jeden Tag
genossen und viele tolle Sachen zusammen un-
ternahmen. Irgendwann, es war ein schöner
herbstlicher Tag mit milden Temperaturen,
zogen sie ihren Jonas an, schlüpften in ihre Ja-
cken und wollten noch etwas altes Brot an En-
ten verfüttern, was Jonas so gerne mochte. Am

See angekommen, ging Tom mit seinem Sohnemann schon mal los, während Sina noch das Brot aus dem Kofferraum holte und den Wagen absperrte. Als sie bei den beiden ankam, gab sie Jonas ein Stück Brot und Tom neben dem Autoschlüssel noch etwas anderes in die Hand. Er steckte den Schlüssel ein und blickte in der anderen Hand auf einen weißen, länglichen Stab und wusste nicht sofort was das war. Er drehte es und sah ein Pluszeichen in einem kleinen Display und blickte fragend drauf, als es ihm plötzlich klar wurde und sagte: "Ein Schwangerschaftstest und er zeigt an, dass wir nochmal Eltern werden!" Er sah mit einem breiten Grinsen zu Sina, welche ihre Freude ebenfalls nicht länger verstecken konnte. Es hat tatsächlich geklappt und dass sogar schneller als sie es erwartet hätten. Die beiden erwarteten ihr zweites Kind, das Glück sollte es gut mit ihnen meinen und das Familienglück komplett machen. Diesmal genoss Sina die Schwangerschaft noch viel intensiver, weil sie nun bereits wusste wie es ist und von Monat zu Monat, als der Bauch größer wurde, nahm auch Jonas immer mehr Notiz davon. Er legte oft seinen Kopf auf Mamas Bauch um sein Geschwisterchen zu hören, wie es strampelte. Es war sehr spannend für ihn und die Augen wurden immer groß, wenn mal ein kleiner Fußabdruck an der Bauchdecke zu erkennen war. Oft saß Tom mit Sina und Jonas da, nur um zu beobachten, wann das Baby sich wieder bewegte, um dies dann mit großer Freude zu feiern. Als die drei wie so oft Spazieren gingen, Tom mit Jonas an der Hand lief und Sina im Doppelpack nebenher, stand die alte Frau wieder in ihrem Vorgarten und als sie Tom und Sina sah, verschwand sie in Windeseile in ihrem Haus. Tom musste lachen und meinte "Der hast du es damals aber gegeben, sie flüchtet ja regelrecht vor uns!" und Sina nickte stolz, da sie es der alten Dame ordentlich gezeigt hat. "Wir lassen uns doch nicht unterkriegen!" beschloss sie und ging mit ihren Männern weiter. Ein paar Wochen später, noch etwa zwei Wochen vor dem Termin, es war ein Sonntag, rief sie nach Tom. Er hörte erst nicht, weshalb Jonas seiner Mama half und "Paaaaapaa!" rief. Tom vernahm das Rufen und kam zu den beiden, wo er Sina mit schmerzverzerrtem Gesicht vorfand. "Was ist los, Schatz?" fragte er und Sina konnte die Frage nicht so recht beantworten. "Ich habe irgendwie ein ziehen im Bauch und es schmerzt sehr, die Wehen können das doch noch nicht sein?! Ich habe doch noch zwei Wochen bis zum Termin." Tom wollte aber nichts riskieren, weshalb er Jonas anzog und zur Nachbarin brachte, sich seine Frau schnappte und mit ihr ins Krankenhaus fuhr. Dort angekommen, wurde Sina an den Wehen-Schreiber angeschlossen und ein Ultraschall gemacht. "Das Fruchtwasser wird langsam knapp" stellte die Ärztin fest "Und sie haben bereits erste Wehen. Ich glaube, ihre Tochter möchte ihnen Hallo sagen!" fuhr sie fort. "Tochter?" sagte Tom. "Oh, sie wussten es noch gar nicht, das tut mir leid!" entschuldigte sich die Ärztin. Aber es war egal, denn Sina grinste Tom an und sagte "Jetzt haben wir dann auch eine kleine Emily!" Das Glück war jetzt tatsächlich mehr als Perfekt. Sie hatten einen Jungen und ein Mädchen. Allen Zweiflern haben sie es gezeigt! Es sollte noch bis in den nächsten Tag dauern, als die Wehen dann etwa zur Mittagszeit einsetzten. Es vergingen noch weitere 30 Minuten, bis ein kleines zartes Stimmchen zu vernehmen war. Emily sagte das erste Mal Hallo zu Mama und Papa. Vor dem Kreissaal haben sich derweil die Eltern, Geschwister und der kleine Jonas eingefunden, der es nicht erwarten konnte, seine kleine Schwester zu sehen. Als Papa dann wenig später mit einem Wägelchen aus dem Kreißsaal fuhr, in dem die kleine Emily lag, machte Jonas große Augen. Ganz still stand er da, sich mit beiden Händen etwas am Rand hochziehend und bestaunte das kleine Menschlein, während Tom von allen Seiten die Glückwünsche entgegennahm. Wenig später war Sina dann auch auf ihrem Zimmer. Müde aber glücklich nahm auch sie die Glückwünsche entgegen, während Jonas mit Papa dasaß und die kleine Emily bestaunten. Er streichelte ganz zart mit seiner kleinen Hand über ihren Arm und war einfach nur ganz leise.

Sina und Tom hatten ihr Glück gefunden, weil sie trotz dieser Erkrankung positiv in die Zukunft blickten, ihre Wünsche verfolgen und immer füreinander da sind. Was manch unschöne Aussagen anderer betrifft, haben sie gelernt, darüber hinwegzusehen, sich nicht zu ärgern und gemeinsam ihren Weg zu gehen. Den Familien beider, sowie dem Freundeskreis ist es zu verdanken, dass sie sich selbst schätzen und keine Zweifel an ihrer Kraft haben, Dinge, die sie erreichen wollen auch zu schaffen. Multiple Sklerose ist nicht das Ende, sondern eine Chance sein Denken und sein Handeln zu transformieren.

Das Leben endet nicht mit der Diagnose, es muss nur angepasst werden und verdient es ausgiebig gelebt zu werden!

Danksagung

Die Idee zu diesem Roman entstand während meiner Reha, im Sommer 2017. Wichtig war mir eine packende und mitreißende Story mit Aufklärung über Multiple Sklerose zu kombinieren, was möglichst behutsam stattfinden sollte, damit nicht von der Geschichte abgelenkt wird. Ich denke, dass mir dies ganz gut gelungen ist, was auch eine kleine Anzahl an Testlesen bestätigte.

Hierfür möchte ich folgenden Personen danken: Marie Höfer, Jutta Schütz, Eva Schatz, Petra Wehner und meiner Schwester im Geiste Anke Störmer-Meyer, weil ihr mich unterstützt und angespornt habt!

Ganz besonders aber danke ich meiner geliebten Frau Yvonne und meinen Kindern, weil sie an mich glauben und mir das Gefühl gaben, dass ich dieses Buchprojekt umsetzen kann. Mein Sohn Jonas sei noch genannt, welcher das Cover zum Buch entwarf, was er hervorragend machte und wofür ich ihm besonders danke!

Mark Knietsch

Autoimmune
Gedankenwelt

Multiple Sklerose und begleitende Themen

In diesem Buch sind Eindrücke und Gedanken zum Thema
Multiple Sklerose gesammelt. Von der Diagnose ab wird etwa
die Familie, Partnerschaft, Kinder und andere begleitende Berei-
che in diesem Buch thematisiert. Dieses Buch soll dazu dienen,
Erkrankten und Angehörigen die Angst und Ungewissheit zu
nehmen.
Multiple Sklerose ist nicht das Ende, man ist zwar unheilbar
krank, aber nicht weniger wert. Man ist, wenn man es zulässt, in
der Lage, sich und seine Denkweise positiv zu verändern, somit
ist es also ein neuer Anfang. Der Beginn von etwas, was wir
selbst zu erschaffen fähig sind.

Einband	Taschenbuch
Seitenzahl	116
Erscheinungsdatum	24.07.2017
Sprache	Deutsch
ISBN	978-3-7412-4171-0
Verlag	Books on Demand
Maße (L/B/H)	21,1/14,6/1 cm
Gewicht	131 g